TÖTUNGSSACHEN

von

Nicolai F. Mameghani

1. Auflage
Originalausgabe Oktober 2018

Umschlag und Satz: Timo Leßmöllmann
Lektorat und Korrektorat: Dr. Peter Kruck

Druck und Bindung: Amazon Media EU S. à. r. l.
5 Rue Plaetis
L-2338 Luxembourg

ISBN: 978-1-728-91608-8

INHALT

Einleitung 6

1. Hannibal 17
2. Wilhelm Tell 46
3. Tod eines Unsterblichen 63
4. Tödliches Spiel 85
5. Bodyguard 102
6. Junges Unglück 127
7. Nekrophilie 149
8. Lebenslüge 174
9. Ehrenmord 194

Über den Autor 228

EINLEITUNG

Unter Tötungssachen versteht man unter uns Juristen Straftaten, bei denen ein Mensch von einem anderen Menschen getötet wird. Dabei kann es sich um die Straftatbestände Mord, Totschlag, Körperverletzung mit Todesfolge, Tötung auf Verlangen oder fahrlässige Tötung handeln.

All diesen Normen aus dem Strafgesetzbuch ist gemein, dass der tatbestandsmäßige „Erfolg“ der Tod eines Menschen ist.

Der Tatbestand des Totschlages ist immer dann verwirklicht, wenn ein Mensch vorsätzlich einen anderen Menschen tötet, also dann, wenn er dessen Tod will. Das Strafgesetzbuch sieht dafür eine Gefängnisstrafe von 5 bis 15 Jahren vor.

Um Mörder zu sein, muss der Täter bei der Tötung zusätzlich ein sogenanntes Mordmerkmal verwirklichen. Ein Mörder tötet zum Beispiel aus Mordlust, zur Befriedigung seines Geschlechtstriebes, aus Habgier, heimtückisch – also unter Ausnutzung der Arg- und Wehrlosigkeit seines Opfers –, grausam oder aus sonstigen niedrigen Beweggründen. Ein Mörder ist immer – das ist zwingend vom Gesetz so vorgegeben – mit lebenslanger Freiheitsstrafe zu bestrafen.

Die lebenslängliche Haftstrafe endet eigentlich mit dem Tod des Inhaftierten – und zwar im Gefängnis. Dieser hat jedoch die Möglichkeit, nach Verbüßung von 15 Jahren Haft einen Antrag auf gnadenweise frühzeitige Entlassung zu stellen. Wurde im Urteil die besondere Schwere der Schuld festgestellt, so besteht die Möglichkeit der Begnadigung erst nach 20 Jahren. In Deutschland verbüßt ein wegen Mordes verurteilter Straftäter durchschnittlich eine Freiheitsstrafe von 20,7 Jahren. Sieben Prozent der Gefängnisinsassen sitzen eine Strafe wegen eines Tötungsdeliktes ab.

In den letzten zehn Jahren wurden in Deutschland durchschnittlich 350 Morde pro Jahr aktenkundig. Allerdings gehen Experten von einer weit höheren Dunkelziffer aus. Teilweise wird sogar das Dreifache der bekannt gewordenen Fälle für wahrscheinlich gehalten. Dies liegt unter anderem daran, dass jeder Arzt – auch ein Augen- oder HNO-Arzt – den Totenschein ausfüllen darf. Dabei wird vom Arzt nicht selten das Kreuz in das Kästchen „natürliche Todesursache“ gesetzt, ohne tatsächlich eine echte Leichenschau vorgenommen zu haben. Dies gilt umso mehr, wenn sich der Leichnam bereits im Verwesungszustand befindet oder der Verstorbene älteren Jahrganges ist. In solchen Fällen diagnostizieren manche Mediziner – wohl auch aus Bequemlichkeit oder Ekel – einen natürlichen Tod.

Es ist sogar schon vorgekommen, dass ein Leichenbestatter beim Waschen der Leiche ein noch im Rücken steckendes Messer gefunden hat. Offensichtlich wurde diese Leiche bei der Leichenschau nicht einmal entkleidet und von allen Seiten in Augenschein genommen. Für mich ist ein solcher Vorfall umso erschreckender, weil ein Arzt grundsätzlich verpflichtet ist, den Leichnam auch auf kleinste Nadelstiche zu untersuchen, über die möglicherweise eine tödliche Injektion verabreicht wurde.

Anfang 2010 wurde zum Beispiel in Bielefeld übersehen, dass ein Verstorbener durch einen Schuss ins Auge getötet worden ist. Das Projektil war durch das rechte Auge eingedrungen und in der hinteren linken Schädelhälfte steckengeblieben. Anschließend hatte sich das Eintrittsloch nahezu vollständig verschlossen, sodass es ohne Weiteres nicht mehr erkennbar war. Der die Leichenschau durchführende Arzt war fälschlicherweise davon ausgegangen, dass der zwanzigjährige Mann auf den rutschigen Steinen eines Kuhstalls ausgelitten war und sich dabei eine tödliche Kopfverletzung zugezogen hatte. Erst als zwei Jahre später im selben Kuhstall ein Mordversuch auf den Bruder des Verstorbenen fehlschlug, wurde im Rahmen dieser Ermittlungen der Leichnam des Zwanzigjährigen exhumiert. Es war also nur dem Zufall geschuldet, dass das tödliche Projektil entdeckt wurde und die wahre Todesursache ans Licht gekommen ist.

Derartige Ermittlungspannen werden dadurch begünstigt, dass bei Feststellung einer natürlichen Todesursache kein Gerichtsmediziner mehr hinzugezogen wird. Die Leiche wird zur Beerdigung freigegeben, wodurch mögliche tatrelevanten Spuren für immer vernichtet werden.

Wenn allerdings erkannt wird, dass eine Fremdtötung vorliegt, und deshalb ein Tötungsverfahren eingeleitet wird, dann liegt die Aufklärungsrate bei immerhin über 95 Prozent.

In ca. 75 Prozent der als Mord erkannten Fälle standen Opfer und Täter in einer sozialen Beziehung zueinander. Dieser Umstand ist nicht überraschend, denn naturgemäß finden gerade sozial miteinander verbundene Menschen ausreichend Motive, dem anderen nach dem Leben zu trachten. Klassiker sind beispielsweise Beziehungstaten aus Eifersucht oder unerwiderter Liebe. Am häufigsten wird allerdings das Mordmerkmal der Habgier verwirklicht. Hier mordet der Täter, um beispielsweise an das Vermögen seines Opfers zu gelangen.

Nicht nur die hohen gesetzlichen Strafandrohungen machen Tötungssachen zu ganz besonderen Strafverfahren, sondern auch das große öffentliche Interesse an den oft medienwirksamen Gerichtsverfahren.

Darüber hinaus lässt die Tatsache, dass der Großteil der Bevölkerung dem mutmaßlichen Täter nahezu vollständig das Recht auf angemessene Verteidigung absprechen will, die Verteidigung in Tötungssachen besonders erscheinen. Dabei benötigen gerade diese Angeklagten umfangreichen und kompetenten anwaltlichen Beistand. Dieses Recht auf ein faires Verfahren (das sog. Fair Trial) ist als Ausprägung des Rechtsstaatsprinzips durch Art. 6 EMRK (Europäische Menschenrechtskonvention) garantiert. Es gehört zu den wesentlichen Grundsätzen des rechtsstaatlichen Strafverfahrens. Dazu zählt insbesondere auch der Anspruch auf eine effektive Verteidigung durch einen Rechtsanwalt.

Denn die Staatsanwaltschaft führt in der von ihr verfassten Anklageschrift naturgemäß ausschließlich diejenigen Beweismittel auf, die den entsprechenden Tatverdacht begründen. Ich habe nicht eine Anklageschrift gelesen, in der auch nur ein einziger Entlastungszeuge verzeichnet war. Durch eine effektive Verteidigung soll die Parität zwischen der Staatsanwaltschaft und dem Angeklagten hergestellt werden.

Im Gegensatz zur Staatsanwaltschaft hat die Verteidigung ausschließlich die entlastenden Momente ins Felde zu führen. Dabei stehen dem Strafverteidiger jedoch nur das Antrags-, Frage- und Erklärungsrecht als mehr oder weniger stumpfe Waffen zur Verfügung.

- Durch das Stellen von Beweisanträgen kann die Verteidigung beispielsweise das Gericht zwingen, entlastende Zeugen zu hören.
- Das Fragerecht ermöglicht dem Verteidiger, durch Befragung von Zeugen den Sachverhalt mitzugestalten, den das Gericht am Ende des Verfahrens rechtlich zu würdigen hat.
- Durch das Erklärungsrecht ist es dem Verteidiger möglich, nach jedem einzelnen Beweis, der in die Hauptverhandlung eingeführt worden ist, seine Einschätzung bzw. rechtliche Würdigung abzugeben.

In diesem Buch werden Fälle aufgearbeitet, in denen ich als Strafverteidiger die rechtlichen Interessen von Mördern und Totschlägern vertreten habe. Ich versuche darzustellen, was einen Menschen dazu bewegt, einen anderen Menschen kaltblütig zu töten. Die entsprechenden Täterpersönlichkeiten und deren Motive werden beleuchtet. Die Taten werden in diesem Buch so dargestellt, wie sie die Gerichte in ihren Urteilen festgestellt haben. Außerdem sind die Informationen eingeflossen, die mir meine Mandanten in unzähligen Gesprächen offenbart haben.

Bis auf die Täter und mögliche Augenzeugen weiß niemand, wie sich die Taten tatsächlich abgespielt haben. Es existieren quasi zwei Wahrheiten: zum einen die echte Wahrheit, also das Tatgeschehen, wie es sich tatsächlich abgespielt hat, und zum anderen die gerichtliche Wahrheit, also das Tatgeschehen, das die Gerichte festgestellt haben. Die Gerichte sind stets bemüht, den wahren Sachverhalt zu ermitteln. Im Idealfall deckt sich die gerichtliche mit der echten Wahrheit.

Ich bin im Übrigen fest davon überzeugt, dass die meisten Täter nur deshalb als Mörder verurteilt werden, weil sie sich überhaupt bzw. „ungeschickt" zum Mordvorwurf einlassen. Es liegt auf der Hand, dass das getötete Opfer selbst nicht mehr zur Aufklärung beitragen kann. Die innere, subjektive Seite der Tat kann nur der Täter allein preisgeben. Ausschließlich er weiß, welche Gedanken ihn bei der Tatbegehung angetrieben haben. Deshalb gilt in der Strafverteidigung grundsätzlich die Devise, dass Schweigen die beste Verteidigungsstrategie ist, um sich einer möglichen Verurteilung zu einer lebenslangen Gefängnisstrafe wegen Mordes zu entziehen.

Und genau hier sind wir Strafverteidiger gefordert. Ein Rechtsanwalt unterliegt in Deutschland nur zwei Pflichten: der Wahrheits- und der Beistandspflicht. Damit ist es uns zum einen untersagt, vor Gericht die Unwahrheit zu sagen. Ein Angeklagter darf dagegen lügen, bis sich die sprichwörtlichen Balken biegen. Hier gilt nämlich der Grundsatz, dass sich niemand selbst belasten und damit zu seiner Überführung beitragen muss. Bei Anwälten ist das allerdings so wie bei den Zeugen. Wir unterliegen der Wahrheitspflicht.

Zum anderen sind wir Anwälte verpflichtet, unseren Mandanten beizustehen, also ausschließlich im Interesse der Mandanten zu handeln. Damit sind wir stets angehalten, das bestmögliche Ergebnis für diese zu erzielen. Dennoch versuchen meine Mandanten häufig, mir eine abenteuerliche Unschuldsgeschichte aufzutischen. Nach über zwanzig Jahren Berufserfahrung habe ich mir mittlerweile angewöhnt, ihnen sofort offen ins Gesicht zu sagen, dass ich ihnen kein Wort glaube, wenn ich während der Unterhaltung den Eindruck gewinne, angelogen zu werden. Ich mache dann deutlich, dass ich während des Prozesses ihr engster Vertrauter bin und mit ihnen gemeinsam in einem Boot auf der Anklagebank sitze – und dass ich ihnen trotz alledem nicht glaube. Dann frage ich provokant, ob sie denn ernsthaft davon ausgehen wollen, dass der Staatsanwalt oder das Gericht, die alles andere als gute Freunde eines Angeklagten sind, diese Geschichten einfach so als wahr hinnehmen würden. Ich mache ihnen dann klar, dass ich absolut kein Problem damit habe, auch einem schuldigen Mandanten zu einem Freispruch zu verhelfen. Aber ein Mandant, der seinen eigenen Anwalt belügt, stellt ein unkalkulierbares Risiko für sich selbst dar.

Ein Strafverteidiger sollte sich übrigens immer von Gewissensfragen freimachen. Solche Zweifel haben im Strafprozess absolut keinen Platz. Nach unserem heutigen Rechtssystem haben auch schuldige Angeklagte das Recht auf ein faires Verfahren. Es gilt heute nicht mehr, eine Verurteilung um jeden Preis zu erzielen. Dagegen wurde noch im Mittelalter bei schwacher Beweislage nicht selten das „juristische Instrument“ der Folter eingesetzt, das häufig zu Geständnissen und damit zu „fehlerfreien“ Urteilen führte.

1. HANNIBAL

„Normalerweise ist er kein brutaler Typ“. Das waren die Worte einer jungen Frau über ihren Lebensgefährten, der sie über viele Stunden auf unvorstellbare Art und Weise folterte und versucht hatte, sie aus Eifersucht zu töten.

Das Paar lernte sich sieben Jahre vor der schrecklichen Tat in Düsseldorf kennen. An jenem Abend trafen beide in einer der zahlreichen Bierkneipen in der Altstadt zufällig aufeinander. Der Altersunterschied war für sie kein Problem; er ist zehn Jahre älter als sie. Aus der anfänglich freundschaftlichen Beziehung entwickelte sich rasch eine Liebesbeziehung, und die beiden zogen schon sehr bald in eine gemeinsame Wohnung.

Während sie als Reinigungskraft arbeitete und so den Lebensunterhalt des Paares sicherstellte, ging er lediglich seinen eigenen Interessen nach. Er schlief lange, schaute stundenlang fern und traf sich mit seinen Freunden, um den Rest des Tages über die Runden bringen zu können, bis seine Freundin abends endlich von der Arbeit nach Hause kam.

Heute – und wohl auch für den Rest seines Lebens – ist mein Mandant im Maßregelvollzug untergebracht. Dort nennt er sich selbst „Hannibal" – offensichtlich in Anlehnung an die menschliche Bestie Hannibal Lecter aus dem weltbekannten Film „Das Schweigen der Lämmer", die so brillant von Anthony Hopkins als kannibalistisch veranlagter Serienmörder verkörpert worden ist. Mit Kannibalismus haben die Taten meines Mandanten zwar nichts zu tun, stehen aber in puncto Grausamkeit den filmisch dargestellten Morden in nichts nach.

Mein Mandant wurde 1977 in Marokko geboren und siedelte 1992 nach Deutschland um. Hier besuchte er für zwei Jahre eine Schule für Migranten, die er ohne Abschluss verließ. Einen Beruf erlernte er in der Folgezeit nicht und ging auch nur unregelmäßig einer Erwerbstätigkeit als Kellner nach. Seinen Lebensunterhalt bestritt er im Wesentlichen durch staatliche

Leistungen. Eine gemeinsam mit seiner Freundin – dem späteren Opfer – begonnene Selbstständigkeit als Betreiber einer Gaststätte wurde schon sehr bald wegen finanzieller Erfolglosigkeit wieder eingestellt.

Vor Gericht räumte mein Mandant schon fast geschwätzig ein, dass er seit ca. zwanzig Jahren unter Depressionen leide, die angeblich auch der Grund für seine Beschäftigungslosigkeit wären. Er habe unter Angstzuständen, Verfolgungswahn und Herzrasen gelitten, ohne dies einer psychischen Erkrankung zugeschrieben zu haben. Seine Angstfantasien seien sogar so weit gegangen, dass er befürchtete, seine eigene Familie würde ihm etwas antun wollen. Deswegen habe er sich mehrfach als Notfall in Krankenhäusern ambulant vorgestellt. Bei den dortigen Behandlungen habe man jedoch keine Krankheit – weder physischer noch psychischer Natur – diagnostizieren können.

Als Eigentherapie habe mein Mandant angefangen, Haschisch zu konsumieren. Der Konsum habe ihn auf der einen Seite beruhigt, die Symptome andererseits aber zunehmend verstärkt. Erst nach einigen Jahren sei ihm infolge des Studiums eines Zeitungsartikels über depressive Erkrankungen sein eigenes Krankheitsbild klar geworden. Er habe dann einen Arzt konsultiert, der ihm Antidepressiva verschrieben habe. Da diese aus seiner Sicht aber nur unzureichende Wirkung gezeigt hätten, habe er zur Milderung seiner akuten Zustände wieder Drogen – jetzt auch Kokain – sowie vermehrt Alkohol konsumiert. Das wiederum habe zur Folge gehabt, dass sich auf lange Sicht seine Angstzustände verschlimmert hätten. Lediglich in kurzzeitigen Phasen der Abstinenz sei es ihm körperlich und geistig besser gegangen. Letztlich sei er aber wieder zum Konsum zurückgekehrt. Zwar habe er den Haschischkonsum ca. zehn Jahre vor der Tat gänzlich eingestellt, aber Kokain und Alkohol habe er weiterhin konsumiert. Finanziert habe er seine Sucht durch Geldzuwendungen seiner Familie, die er regelmäßig mit unterschiedlichsten fadenscheinigen Begründungen erbeten habe. Weder mit seiner Familie noch mit seiner Freundin habe er seine psychischen Befindlichkeiten besprochen.

Zwei Jahre vor der Tat wurde mein Mandant im Sommer 2011 vom Amtsgericht Düsseldorf wegen gefährlicher Körperverletzung schon einmal verurteilt.

Unter Zurückstellung erheblicher Bedenken erhielt er damals lediglich eine Bewährungsstrafe von zwei Jahren, obwohl er seinem Opfer schwerste Verletzungen zugefügt hatte. Das Gericht hatte die Hoffnung, dass ihn diese Bewährungsstrafe von weiteren Taten abhalten würde – ein fataler Irrtum, wie sich später herausstellen sollte.

Bereits dieser Bewährungsstrafe lag eine Tat zum Nachteil seiner Freundin zugrunde. Im Juni 2010 waren die beiden zunächst gemeinsam in verschiedenen Lokalitäten in Düsseldorf unterwegs. Dabei tranken sie erhebliche Mengen an Alkohol und konsumierten Kokain, Speed und das Beruhigungsmittel Diazepam. Später begab sich das Paar in die Wohnung eines Freundes, die von ihnen gelegentlich zum Konsumieren von Drogen genutzt wurde. Dort kam es dann zum Streit zwischen den beiden. Sie stritten sich über den Verbleib von 5000 Euro, die der Bruder meines Mandanten dem Paar zur Begleichung von Mietschulden geliehen hatte. Offensichtlich finanzierte die Frau aber mit dem Geld ihre Drogenabhängigkeit und Spielsucht. Der Streit eskalierte. Über mehrere Stunden fügte mein Mandant seiner Lebensgefährtin erhebliche Verletzungen zu.

Er holte einen elektrischen Tischgrill aus der Küche und stellte ihn im Wohnzimmer auf einen Tisch. Er steckte den Stecker in die Steckdose und heizte den Grill vor, bis die rote Kontrollleuchte am Gerät erlosch. Jetzt drückte er ihre rechte Gesichtshälfte, ihren rechten Oberarm und ihre rechte Schulter auf die rot glühenden Heizstäbe. Die Frau erlitt dabei Brandverletzungen zweiten und dritten Grades.

Danach versetzte er seiner Freundin mit einem Fleischermesser mehrere stark blutende Schnitt- und Stichverletzungen an ihren Armen. Völlig außer sich vor Wut traktierte er sie dann mit einem Teleskopschlagstock; dabei brach er ihr zwei Finger.

Schließlich ließ mein Mandant von seinem Opfer ab. Erst jetzt nahm er erschrocken die schlimmen Verletzungen seiner Freundin wahr. Offensichtlich handelte er bis dahin in einer Art Rausch, weshalb er die Tragweite seiner Übergriffe nicht richtig einordnen konnte.

Er bat daraufhin seinen Bruder telefonisch herbei. Dieser erkannte den Ernst der Lage und rief sofort einen Krankenwagen und auch die Polizei. Mit blutverschmierten Händen und nur in Unterhose bekleidet öffnete mein Mandant den eintreffenden Polizeibeamten die Tür, worauf er im selben Moment überwältigt wurde. Der Festgenommene leistete keinerlei Widerstand. Als die Polizeibeamten die Wohnung betraten, fanden sie die Verletzte nackt sitzend auf einer zum Teil verbrannten Matratze vor. Sie war nicht ansprechbar und wirkte apathisch. Ihr Gesicht war angeschwollen und die Haut aufgeplatzt sowie teilweise mit angetrocknetem Blut verschmiert. Ihr rechter Oberarm und ihre rechte Schulter wiesen streifenförmige Brandverletzungen auf. Neben der Matratze stand auf einem Beistelltisch der Tischgrill mit den freiliegenden Heizstäben. Das Gerät war beim Eintreffen der Polizei bereits erkaltet. Sowohl an dem Tischgrill als auch an den Fleischermessern und dem Teleskopschlagstock fanden sich Blutanhaftungen. In der gesamten Wohnung waren mehrere, teilweise großflächige Blutspuren verteilt. Das völlig entstellte Opfer musste eine Woche im Krankenhaus intensiv behandelt werden.

Die Gerichtsverhandlung fand fünf Monate nach der Tat statt. Trotz des überstandenen Martyriums schwieg die junge Frau in der Hauptverhandlung. Sie berief sich auf ein angeblich bestehendes Verlöbnis zwischen ihr und ihrem Peiniger. Als Verlobte hatte sie das Recht, die Aussage vollständig zu verweigern. Sie wollte nicht gegen ihren Freund aussagen, denn sie hatte ihm verziehen und war an seiner Bestrafung nicht interessiert.

Aufgrund der Aussagen der Polizisten und der vom Gericht getroffenen Feststellungen wurde mein Mandant wegen gefährlicher Körperverletzung lediglich zu einer zweijährigen Bewährungsstrafe verurteilt. Nach der Urteilsverkündung spazierten beide wie ein frisch verliebtes Paar Hand in Hand aus dem Gerichtssaal.

Nach diesem Urteil hörte ich zwei Jahre lang nichts mehr von meinem Mandanten. Dann erhielt ich einen Anruf von ihm. Er behauptete, „jetzt richtig Scheiße gebaut“ zu haben. Er wollte mich unbedingt noch an diesem Tag sehen. Trotz seiner ruhigen Stimme erschien er mir sehr beunruhigt und ängstlich, weshalb ich seiner Bitte nachkam. Ich traf ihn außerhalb der Kanzlei, weil er befürchtete, in meinem Büro verhaftet zu werden. Die Polizei sei schon bei seinem Bruder gewesen, um den Haftbefehl zu vollstrecken.

Wir trafen uns in einem türkischen Imbiss unweit meiner Kanzlei. Nun erfuhr ich von der zweiten Tat zum Nachteil seiner Freundin. Offensichtlich hatte sich die junge Frau trotz der ersten Horrorerfahrungen nicht von ihm trennen können.

Während mein Mandant einen Döner verschlang, berichtete er mir in kurzen Sätzen und völlig emotionslos von dem letzten Übergriff auf seine Freundin. Dieses Mal wisse er aber nicht, ob sie überlebt habe. Von seinem Bruder habe er erfahren, dass die Frau mit schwersten Verletzungen auf der Intensivstation des Universitätsklinikums Düsseldorf liege. Weiteres habe er nicht in Erfahrung bringen können. Es ginge das Gerücht um, dass sie „dabei draufgegangen sei“.

Deswegen hatte er überlegt, nach Marokko zu fliehen und alles hinter sich zu lassen. Ich erklärte ihm die damit einhergehenden Konsequenzen. Ich erläuterte ihm die Möglichkeit eines internationalen Haftbefehls mit den Auslieferungsabkommen der verschiedenen Länder. In Marokko wäre er zwar vor der deutschen Justiz – zumindest zum damaligen Zeitpunkt – sicher und hätte auch keine Auslieferung zu befürchten. Eine Rückkehr nach Deutschland wäre damit aber ausgeschlossen. Sollte er sich dagegen dem Verfahren stellen und es zu einer Verurteilung kommen, so läge die zu erwartende Freiheitsstrafe möglicherweise im zweistelligen Bereich. Ohne eine erkennbare Reaktion oder weitere Nachfragen nahm er die Informationen zur Kenntnis.

Nachdem auch ich meinen Döner aufgegessen hatte, verabschiedeten wir uns. Wir waren so verblieben, dass er sich zunächst weiter verborgen halten und mir spätestens nach drei Tagen Bescheid geben sollte, wofür er sich entschieden hat: Flucht oder Stellen.

Er rief mich bereits am nächsten Nachmittag an. Er bräuchte keine weitere Bedenkzeit. Er wolle sich seiner Verantwortung nicht weiter entziehen, auch wenn er dafür für den Rest seines Lebens ins Gefängnis gehen müsse.

Eine halbe Stunde später trafen wir uns dann in der Gerichtskantine des Amts- und Landgerichts Düsseldorf. Bei einer Tasse Kaffee fragte ich ihn noch einmal, ob er sich der Tragweite seiner Entscheidung auch wirklich bewusst sei und nun tatsächlich ins Gefängnis gehen wolle. Er nahm einen kräftigen Schluck aus seiner Tasse, griff nach meiner Hand und schaute mir tief in die Augen. „Herr Mameghani, ich bin krank. Ich brauche Hilfe. In Marokko wird mir nicht geholfen."

Daraufhin verließen wir die Kantine und gingen zur Haftabteilung. Bevor man den gesicherten Trakt des Amtsgerichts Düsseldorf betreten kann, muss man sich an der Pforte durch eine Gegensprechanlage anmelden. Als ich darum bat, in einer wichtigen Haftsache den Haftrichter sprechen zu können, wurde mir Einlass gewährt.

Meinen mittlerweile immer stiller gewordenen Mandanten wies ich an, zunächst auf der Sitzbank vor der Pforte Platz zu nehmen. Ich wollte das Gespräch mit dem Richter zunächst allein führen.

Zu dieser Zeit hatten wir in Düsseldorf drei Ermittlungs- bzw. Haftrichter, zwei Männer und eine Frau. An diesem Tag – es war ein Freitagnachmittag – hatte die junge Richterin Dienst. Sie kannte die Sache bereits, obwohl nicht sie, sondern ein Richterkollege den Haftbefehl einen Tag zuvor erlassen hatte. Offensichtlich war die Tat meines Mandanten bereits in Richterkreisen diskutiert worden.

Mit den Worten „Vor zwei Jahren gegrillt und jetzt frittiert" überreichte sie mir den Haftbefehl. Offenbar hatte sie bereits auch Kenntnis von der früheren Tat. Nachdem ich den Haftbefehl gelesen hatte, ging ich an die Pforte, um meinen Mandanten abzuholen und zur Haftrichterin zu führen. Er war verschwunden!

Ich war schockiert. Wie stand ich jetzt da? Ich fühlte Scham und Pein. Nachdem ich zum Richterzimmer zurückgeeilt war, um Meldung zu machen, stürmte ich aus der Haftabteilung. Zunächst suchte ich meinen Mandanten in der Kantine, die aber bereits geschlossen hatte. Dann versuchte ich es in den beiden Herrentoiletten im Erdgeschoss – erfolglos. Als ich gerade wieder in Richtung Haftabteilung lief, um die weitere

Vorgehensweise mit der Richterin zu besprechen, sah ich ihn durch ein Fenster mutterseelenallein vor dem Gerichtsgebäude stehen. Er rauchte.

Er wollte vor seiner Inhaftierung unbedingt noch einmal eine letzte Zigarette in Freiheit genießen. Danach stellte er sich der Justiz. Der Haftbefehl wurde ihm eröffnet, und er kam in die Justizvollzugsanstalt Düsseldorf in Untersuchungshaft.

Es dauerte noch ein knappes halbes Jahr, bis das Gerichtsverfahren vor dem Landgericht Düsseldorf begann. Wegen der außergewöhnlichen Brutalität war das öffentliche Medieninteresse immens hoch. Neben der gesamten Düsseldorfer Presse waren auch diverse TV-Sender mit dazugehörigen Kamerateams vertreten. Mein Mandant schien das Medienspektakel um seine Person als „Folterer von Düsseldorf" zu genießen; so wurde er in den Medien bezeichnet.

Die Hauptverhandlung erstreckte sich über drei Verhandlungstage. Nach Erledigung der Formalitäten und Verlesung der Anklageschrift durch den Staatsanwalt gab ich eine geständige Erklärung für meinen Mandanten ab. Demnach räumte er die ihm vorgeworfene Tat vollumfänglich ein. Die anschließende Befragung durch das Gericht und die Staatsanwaltschaft ertrug der Angeklagte mit einer auffälligen Lässigkeit. Ganz offensichtlich fühlte er sich auf der Anklagebank richtig wohl.

Die geschädigte Zeugin wurde insgesamt zweimal gerichtlich vernommen. Wegen der erlittenen Verbrennungen, die immerhin bereits sechs Monate zurücklagen, erschien sie in einem Ganzkörperanzug mit integrierter Kompressionswäsche. Dadurch sollten die mehrfach durchgeführten Hauttransplantationen in ihrer Wundheilung unterstützt werden.

Am ersten Sitzungstag berichtete sie noch in kurzen, harten Sätzen von dem Erlebten. Sie ließ kein Detail der Tortur aus. Während ihrer mehr als zweistündigen Befragung würdigte sie meinen Mandanten keines Blickes. Die gesamte Vernehmung über starrte sie nur auf den kleinen Tisch vor dem Zeugenstuhl, auf dem ein Mikrofon stand. Weil sie so leise gesprochen hatte, wurde das Mikrofon von einem Justizwachtmeister eingeschaltet und direkt vor ihr positioniert. Auf die Frage des Vorsitzenden Richters zum Verwandtschaftsverhältnis gab sie am ersten Sitzungstag noch an, sie stünde in keinem familiären Verhältnis zum Angeklagten. Nachdem sie tapfer alle Fragen beantwortet hatte, wurde sie als Zeugin vom Gericht entlassen. Sie schleppte sich mit gesenktem Kopf aus dem Gerichtssaal, ohne auch nur einen flüchtigen Blick in Richtung meines Mandanten zu werfen.

Für mich völlig überraschend rief mich die Geschädigte am selben Nachmittag in der Kanzlei an. Sie wollte sich zunächst über den Ausgang des Verfahrens erkundigen. Ich erklärte ihr, dass wir noch weitere Hauptverhandlungstage benötigten und erst dann ein Urteil gesprochen würde. Dann fragte sie mich doch tatsächlich, wie sie meinem Mandanten helfen könne. Ich traute meinen Ohren nicht. Was muss einem Menschen erst angetan werden, damit er seinen Peiniger endgültig aus seinem Leben verbannt? Wie viel kann ein Mensch aus Liebe ertragen?

Ich hätte es noch verstanden, wenn sie sich bei mir über den Ausgang des Verfahrens erkundigt hätte. Es wäre nachvollziehbar, wenn die junge Frau hätte wissen wollen, ob ihr Peiniger, der sie so fürchterlich entstellt und zugerichtet hatte, seine gerechte Strafe erhalten hat und für immer weggeschlossen wird.

Aber die Frage, wie sie ihm helfen könne, konnte ich beim besten Willen nicht verstehen. Auf mein entsprechendes Unverständnis hingewiesen, erklärte sie mir, dass sie der Ansicht sei, dass mein Mandant durch die sechsmonatige Untersuchungshaft nun schon ausreichend bestraft worden sei. Ich fragte sie erstaunt, wie es zu diesem Sinneswandel gekommen sei. Schließlich habe sie ihn heute Vormittag noch keines Blickes gewürdigt und in ihrer Aussage nicht ein einziges brutales Detail ausgelassen. Eine wirklich nachvollziehbare Erklärung konnte sie mir nicht geben.

Sie berichtete lediglich, dass sie sich nach ihrer Zeugenaussage mit der Schwester meines Mandanten im Gerichtsgebäude unterhalten habe; zu ihr habe sie immer ein sehr gutes Verhältnis gehabt. Bei diesem Gespräch sei ihr dann schlagartig klar geworden, dass sie ihren Freund immer noch liebe und wieder mit ihm zusammenkommen wolle. Ich erinnerte mich sofort an die groteske Situation nach der ersten Verurteilung, als beide in trauter Zweisamkeit Hand in Hand den Sitzungssaal verlassen hatten.

Nach dem Telefonat rief ich den Vorsitzenden Richter vom Landgericht Düsseldorf an und kündigte das Erscheinen der Zeugin für den nächsten Hauptverhandlungstag an.

Am zweiten Sitzungstag, nur eine Woche nach ihrer ersten Zeugenaussage, erschien sie vor Gericht wie ausgewechselt. Kaum hatte sie den Saal betreten, schaute sie aufmunternd lächelnd zum Angeklagten. Während der gesamten Vernehmung blinzelte sie immer wieder zu meinem Mandanten herüber. An diesem Tag benötigte sie auch kein Mikrofon. Auf die Frage des Vorsitzenden nach dem Verwandtschaftsverhältnis zum Angeklagten gab sie dieses Mal beinahe albern gackernd an, dass man wohl doch noch verlobt sei. Auf die weitere Frage des Vorsitzenden Richters, was sie denn nun ergänzend aussagen wolle, erklärte sie schlicht, dass sie den Tathergang in ihrer ersten Zeugenbefragung zwar richtig dargestellt habe, ihr Freund aber „eigentlich gar kein brutaler

Typ sei“. An jenem Tag habe er wohl bloß einen schlechten Tag gehabt, und dafür gebe sie sich auch eine gewisse Mitschuld. Jedenfalls wolle sie nicht, dass ihr Verlobter dafür zu hart bestraft werde. Mit diesem Auftritt sorgte sie für große Verwunderung unter den Prozessbeteiligten. Der Staatsanwalt musste mehrfach nachfragen, ob er ihre Aussage auch richtig verstanden habe. Offensichtlich war es auch für ihn nicht nachvollziehbar, was in der jungen, völlig entstellten Frau vorging.

In der Beweisaufnahme wurden neben der Geschädigten noch die Sanitäter aus dem herbeigerufenen Rettungswagen, die vor Ort erschienenen Polizeibeamten, der behandelnde Arzt von der Intensivstation und ein sachverständiger Psychiater als Zeugen vernommen.

Das Landgericht hat dabei zweifelsfrei folgenden Sachverhalt festgestellt: Trotz der bereits in der Gerichtsverhandlung vor zwei Jahren vor dem Amtsgericht Düsseldorf offensichtlich gewordenen psychischen Verhaltensauffälligkeiten litt mein Mandant bis zu seiner Verhaftung unter einer unbehandelten Depression. Es kam zu teils starken Stimmungsschwankungen, verbunden mit Ängsten und Herzrasen, die vornehmlich in Stress- und Konfliktsituationen auftraten. Zur Selbstbehandlung setzte er wiederum Alkohol und Drogen ein.

Mein Mandant war zu keiner Zeit in der Lage, ein strukturiertes Leben zu führen oder einer Beschäftigung nachzugehen, sodass die Sicherstellung des Lebensunterhaltes wie auch die Organisation des Lebensumfeldes weiterhin ausschließlich durch die Lebensgefährtin gewährleistet wurden. Im Zusammenhang mit seinen depressiven Stimmungen neigte er auch immer wieder zu Selbstverletzungen, die er sich durch das Ausdrücken von brennenden Zigaretten auf seinen Armen beibrachte. Mir hatte er dazu einmal erklärt, dass er sich selbst nur durch Schmerzen richtig spüren und empfinden könne. Das habe aber nichts mit Selbstbestrafung zu tun.

Im Verlauf seiner depressiven Phase kam es auch zu Stimmungsschwankungen im Hinblick auf die Beziehung zu seiner Lebensgefährtin. Dies führte – oft auch gesteigert durch den Konsum von Alkohol und Kokain – zu argem Misstrauen. Er unterstellte ihr immer wieder, untreu zu sein und fremdzugehen.

Mir gegenüber äußerte er den Verdacht, sie habe mit sämtlichen Gästen aus der kurzzeitig gemeinsam betriebenen Gaststätte Sex gehabt. Angeblich habe sie dies während der erlittenen Tortur auch zugegeben.

In den letzten Tagen vor der Tat verschlechterte sich der psychische Zustand meines Mandanten besorgniserregend. Er schlief schlecht, war sprachfaul und reagierte zunehmend gereizt auf seine Lebensgefährtin. Die Wohnung verließ er nur noch selten.

Als seine Freundin eines Tags vor der Tat von der Arbeit nach Hause kam, warf er ihr erneut vor, ihn mit anderen Männern zu betrügen, was sie nach wie vor vehement abstritt. Dieser Verdacht ließ sich übrigens auch durch die Hauptverhandlung nicht einmal ansatzweise bestätigen.

In der Hoffnung, dass eine gemeinsame Nacht im Hotel die Situation beruhigen könne, schlug sie ihm dies vor, da sie am nächsten Tag ohnehin nicht arbeiten müsse. So hatten sie es in ähnlichen Situationen bereits früher gemacht. Mein Mandant war damit einverstanden. Der Abstand von der häuslichen Umgebung sollte helfen, sich auf neutralem Terrain auszusprechen.

Das Paar checkte in einem Mittelklassehotel in der Düsseldorfer Innenstadt ein. In der Nacht tranken sie gemeinsam eine Flasche Wodka und mehrere Flaschen Bier. Mein Mandant konsumierte darüber hinaus noch Kokain. Zu einer Aussprache war es im Hotel offensichtlich wegen der hochgradigen Alkoholisierung des Paares nicht mehr gekommen. Am nächsten Morgen räumten sie bereits um 8:00 Uhr das Zimmer.

Das Paar fuhr mit dem Taxi zurück in die gemeinsame Wohnung. Dort trank mein Mandant zunächst eine weitere Flasche Bier und begann erneut, seiner Freundin vorzuwerfen, ihn zu betrügen. Sie würde sich für Geld an andere Männer verkaufen.

Die junge Frau, die zu diesem Zeitpunkt im Wohnzimmer auf einem Sessel saß, entgegnete entnervt über die andauernden Unterstellungen, dass man sich wohl besser trennen sollte. Die Beziehung mache keinen Sinn mehr, wenn er tatsächlich denke, dass sie sich an andere Männer verkaufe. Wenn es das sei, was er glauben wolle, dann solle er das eben glauben.

Dies sah mein Mandant in Verkennung der tatsächlichen Intention seiner Freundin als Bestätigung seiner Vorwürfe an. Mit dem provokanten Vorhalt wollte sie eigentlich ihren Freund zur Vernunft bringen und eine dauerhafte Versöhnung erreichen. Außer sich vor Wut und wohl auch aus gekränkter Eitelkeit beschloss er nun, sie für ihr Fehlverhalten zu bestrafen.

Er nahm ein Messer mit einer Klingenlänge von 20 Zentimetern, das auf einem Couchtisch im Wohnzimmer lag und stach ihr plötzlich und für sie völlig unerwartet von hinten in den linken Oberschenkel. Sie war von der Attacke derart überrascht, dass sie wie gelähmt war und sich nicht mehr bewegen konnte.

Dann holte er aus dem Schlafzimmer Schnürsenkel, hievte sie auf einen Drehstuhl, fesselt sie an Händen und Füßen, steckte ihr eine Socke in den Mund und wickelte einen Schal um die Mundpartie, sodass sie außerstande war, auch nur einen Mucks von sich zu geben. Dann schob er sie ins Schlafzimmer. Aus einer Stehlampe im Wohnzimmer riss er ein Elektrokabel heraus, eilte ins Schlafzimmer zurück und schlug damit auf das wehrlos gefesselte Opfer ein. Im Anschluss daran traktierte er sie mit heftigen Faustschlägen. Dabei erlitt sie einen Nasenbeinbruch.

Nach der Prügelattacke hob er sie samt Drehstuhl an und stieß sie auf zwei als Schlafstätte dienende, aufeinander gestapelte Matratzen. Dann schlug er sie erneut mit den Fäusten und peitschte sie mit dem Kabel aus. Er stach ihr auch zweimal mit dem Messer in die Brust. Daraufhin verließ er wortlos das Schlafzimmer und ging in die Küche, wo er auf einem Zwei-Plattenkocher in einem Topf den Inhalt einer vollen Flasche Sonnenblumenöl erhitzte. Mit dem gefüllten Topf ging er zurück ins Schlafzimmer und schüttete das siedend heiße Öl über ihren Körper, ihren Kopf und ihr Gesicht. Dabei äußerte er ihr gegenüber in ruhigem Ton, dass dies das Letzte sei, was sie erleben würde, und sollte sie wider Erwarten doch überleben, werde sie sich zumindest ewig an ihn erinnern.

Die geschundene Frau wurde aufgrund der fürchterlichen Schmerzen nahezu besinnungslos. Erneut schlug er sie mit den Fäusten. Er entfernte ihr kurzzeitig den Mundknebel, stopfte ihr ein Handvoll Schmerztabletten in den Mund und zwang sie, mit eingeflößtem Wodka die Tabletten zu schlucken. Anschließend knebelte er sie wieder.

Nachdem mein Mandant den Inhalt einer weiteren Flasche Speiseöl in der Küche erhitzt hatte, übergoss er sie erneut. Immer wieder schlug er auf die gefesselte und mittlerweile völlig entstellte Frau ein. Einige der Schläge dienten lediglich dazu, sie aus einer zeitweise eingetretenen Bewusstlosigkeit zurückzuholen. Mein Mandant nahm auch wieder das Messer zur Hand und fügte seiner Freundin diverse Schnitt- und Stichverletzungen zu. Nachdem er ein drittes Mal den Inhalt einer Flasche Speiseöl erhitzt und es ihr über den gesamten Körper gegossen hatte, ging er in die Küche und holte einen Besenstiel. Wieder in ruhigem Ton äußerte er ihr gegenüber, dass er sie nun vergewaltigen werde. Daraufhin führte er den Besenstiel in ihren After ein. Sodann griff er zum Messer und führte es ihr vaginal ein, wodurch sie eine tiefe Schnittverletzung im unteren Scheidenbereich erlitt. Mit dem Elektrokabel, das er bereits verwendet hatte, würgte er seine Freundin bis zur Ohnmacht. Immer wieder holte er sie durch Schläge ins Bewusstsein zurück, nur um sie erneut bis zur Ohnmacht würgen zu können. Dies wiederholte er mehrere Male. Wie lange die Folter andauerte, konnte in der Verhandlung abschließend nicht geklärt werden.

Gegen Abend ließ sich mein Mandant per Taxi zwei Flaschen Wodka bringen, wovon er eine sofort trank. Dazu konsumierte er Kokain.

Im Verlauf des gesamten Tatgeschehens, das zumindest bis zur Dunkelheit andauerte, stach er ihr noch mit dem Messer in die linke Augenhöhle, wodurch ihr Augapfel verletzt wurde und teilweise auslief.

Zudem versuchte mein Mandant – jedoch erfolglos – das bereits vorher eingesetzte Elektrokabel unter Strom zu setzen. Er steckte deshalb die einen Enden der beiden Kabelstränge in eine Steckdose, während er der vor Todesangst erstarrten Frau die anderen Enden an den Hals hielt. Aus unerklärlichen Gründen leitete das Kabel aber keinen Strom.

Am Ende des Gewaltexzesses zerrte er seine Freundin wieder ins Wohnzimmer, löste die Fesseln und legte die lebensgefährlich Verletzte auf die Schlafcouch. Beide schliefen ein.

Am Nachmittag des nächsten Tages wachte mein Mandant auf. Er realisierte sofort, was er seiner Freundin angetan hatte. Ähnlich wie vor zwei Jahren schien er sich während der Übergriffe in einem wahren Blutrausch befunden zu haben, weshalb er das Ausmaß seines Fehlverhaltens nicht erkennen konnte oder wollte.

Die brutal zugerichtete und entstellte Frau lag bewegungslos auf der Couch. Panisch verließ er die Wohnung. Auf der Straße setzte er über sein Handy unter Angabe seines vollständigen Namens und Anschrift einen Notruf ab. Er informierte die Feuerwehrleitstelle, dass unter der angegebenen Anschrift seine schwer verletzte Lebensgefährtin im Sterben liege. Auf die Aufforderung des Beamten, vor Ort zu warten, erwiderte er, dass das nicht ginge, weil er auf der Flucht sei. Nachdem er aufgelegt hatte, rief er noch seine Tante an und forderte sie nachdrücklich auf, Polizei und Rettungsdienst zu verständigen, weil seine Freundin schwer verletzt und hilflos zu Hause liege und möglicherweise sterben werde. Ganz offensichtlich wollte er wirklich sichergehen, dass seine Freundin auch tatsächlich gerettet wurde.

Acht Minuten nach Eingang des Notrufes erreichten die ersten Rettungskräfte die Wohnung. Als die Polizeibeamten durch die geschlossene Wohnungstür winselnde Geräusche wahrnahmen, verschafften sie sich gewaltsam Zutritt und fanden die Schwerverletzte unbekleidet im Wohnzimmer auf der aufgeklappten Schlafcouch liegend vor. Sie war nur minimal bei Bewusstsein. Auf die Frage des Notarztes, wer ihr das angetan habe, antworte sie mit schwacher, kaum zu vernehmender Stimme, dass sie den Täter nicht kennen würde. Schon unmittelbar nach der erlittenen Tortur versuchte sie also, ihren Peiniger vor dem Gefängnis zu bewahren.

Bei der noch in der Wohnung vorgenommenen medizinischen Erstversorgung wurden multiple Verletzungen in Form von Schnitt- und Stichwunden sowie erhebliche Verbrühungen festgestellt, die bereits oberflächlich getrocknet waren. Die Schnitt- und Stichwunden waren schon teils verkrustet. Wegen ihres akut lebensbedrohlichen Zustandes wurde sie sofort in die Uniklinik Düsseldorf gebracht und dort in ein künstliches Koma versetzt.

Durch das dreimalige Übergießen mit siedendem Speiseöl wurden 47 Prozent der Haut verbrüht, die operativ abgetragen und neu bedeckt werden mussten. Das Landgericht Düsseldorf verurteilte meinen Mandanten wegen gefährlicher Körperverletzung und Freiheitsberaubung. Die fünf Richter hielten für diese Tat eine Freiheitsstrafe von sieben Jahren und neun Monate für tat- und schuldangemessen. Außerdem wurde die Unterbringung in einem psychiatrischen Krankenhaus angeordnet.

Nach den in der Hauptverhandlung getroffenen Feststellungen hätte sich mein Mandant wegen Mordes verantworten müssen, wenn die Geschädigte die Übergriffe nicht überlebt hätte. Das Mordmerkmal „grausam“ wäre zweifellos verwirklicht worden. Durch die Alarmierung der Rettungskräfte hatte er aber letztlich dafür gesorgt, dass die Vollendung der

Tat, also der Tod der Frau, verhindert wurde. Damit ist er strafbefreiend vom Versuch des Mordes zurückgetreten, weshalb lediglich eine Verurteilung wegen gefährlicher Körperverletzung und Freiheitsberaubung möglich war.

Noch heute besucht die Verlobte ihre große Liebe regelmäßig in der Psychiatrie und bangt und hofft mit ihm auf eine baldige Entlassung, damit endlich geheiratet werden kann.

2. WILHELM TELL

„Ich wollte erst ihr Leben zerstören – und dann mein eigenes!“ Das ist der Satz, den mein Mandant kurz nach seiner Festnahme gegenüber den Polizeibeamten und dem Haftrichter immer und immer wieder emotionslos äußerte. Gebetsmühlenartig wiederholte er diese Aussage, ohne dabei weitere Details über die genaueren Hintergründe seiner Tat preiszugeben. Die Vernehmungsbeamten gaben später im Gerichtsverfahren an, dass er sich wie in Trance befunden haben soll. Es sei weder möglich gewesen, sich ihm zu nähern, noch ein konstruktives Gespräch zu führen.

Der Festgenommene hat auch keine Angaben zum möglichen Motiv seines Anschlages gemacht. Selbst die Fragen nach der Beziehung zum Opfer ließ er unbeantwortet. Erst durch die spätere Befragung der Zeugen stellte sich heraus, dass sich die Tat zwischen Eheleuten abgespielt hatte.

Was musste passieren, damit ein unbescholtener Familienvater nach 22 Ehejahren versucht, seine Frau kaltblütig zu töten? Wie kommt es, dass ein Mensch, der bis zum Tattag niemals handgreiflich oder gewalttätig geworden ist, seine Frau brutal ermorden will? Und was bewegt einen Mann, sich eine Armbrust zu besorgen und seiner Frau – die er liebt – einen Stahlpfeil in den Kopf schießen zu wollen?

Dieser Mann war nicht einmal wegen eines Verkehrsvergehens in der Punktekartei in Flensburg registriert. Er war der spießige Nachbar, der in seinem Wohnblock nicht auffiel. Er war kein kaltblütiger Killer.

Mein Mandant wuchs in der ehemaligen DDR in Sachsen auf, wo er auch seine spätere Frau kennen und lieben lernte. Schon bald zog sie zu ihm in seine kleine Zweizimmerwohnung. Zu dieser Zeit war er bei der Nationalen Volksarmee als Panzerkommandant beschäftigt. Sie arbeitete als Verkäuferin in einem Supermarkt.

Nach der Wende siedelte das junge Paar in den Westen nach Duisburg um – man wollte ein neues Leben beginnen. Dort wurden auch die gemeinsamen vier Kinder geboren.

In Duisburg fand mein Mandant zunächst nur schlecht bezahlte Aushilfsjobs, die kaum ausreichten, um die Familie zu ernähren. Seine Frau konnte wegen der Kinder zum Haushaltseinkommen nichts beitragen. Erst nach einigen Jahren fand er in einem Röhrenwerk in Düsseldorf eine besser bezahlte Festanstellung. Die Familie konnte deshalb in eine größere Wohnung in einem ruhigen Stadtteil von Düsseldorf ziehen.

Jeden Tag fuhr er früh am Morgen mit der Straßenbahn zum Werk. Er war bei seinen Kollegen als hilfsbereiter und angesehener Arbeiter überaus beliebt, und schon bald erreichte er die Position des Vorarbeiters.

Damit er die Wünsche und Bedürfnisse seiner Ehefrau und Kinder erfüllen konnte, musste der Familienvater oft Doppelschichten einlegen, was er auch gern tat. Er liebte seine Familie über alles und war froh und stolz, seinen Lieben durch seine Arbeit ein angenehmes und sorgenfreies Leben bieten zu können. Der sechsköpfigen Familie mangelte es an nichts. Zweimal im Jahr fuhr man gemeinsam in den Urlaub; zu Weihnachten und an den Geburtstagen wurden reichlich Geschenke gemacht. Mein Mandant berichtete mir später, dass diese Zeit die schönste Zeit in seinem Leben gewesen sei und er alles in seiner Macht Stehende versucht habe, die Familie zusammenzuhalten. Als Familienoberhaupt habe er es immer als seine Aufgabe empfunden, jegliches Unheil von seiner Familie fernzuhalten und den mittlerweile erreichten hohen Lebensstandard zu sichern.

Mein Mandant verspürte deshalb einen enormen Leistungsdruck. Auf der einen Seite wollte er seiner Familie ein Leben in finanzieller Unbeschwertheit bieten, und auf der anderen Seite wollte er möglichst viel Zeit mit ihr verbringen. Um diesem selbst auferlegten Leistungsdruck standhalten zu können, begann er schließlich zu trinken. Zunächst war es nur das Feierabendbier unter den Kollegen, aber später trank er auch zu Hause. Das Bier beim abendlichen Fernsehprogramm war schon bald genauso normal geworden wie das zum Frühschoppen am Wochenende. Mit der Zeit wurde neben Bier auch Schnaps getrunken. Sein Verlangen nach Alkohol konnte letztlich nur noch durch den täglichen Konsum von Hochprozentigem gestillt werden.

Die Talfahrt endete abrupt in einem mehrwöchigen Aufenthalt in einer Entziehungsanstalt. Seine Frau hatte dafür gesorgt, dass sich ihr Mann selbst einwies. Zuvor war er mehrfach bei der Arbeit wegen seines Alkoholkonsums aufgefallen. Seine Arbeitsstelle hatte er nur deshalb nicht verloren, weil er im Betrieb trotz der bekannt gewordenen Probleme weiterhin als gewissenhafter, fleißiger und loyaler Arbeitnehmer geschätzt wurde.

Die Trinkexzesse brachten auch familiäre Probleme mit sich. Es kam immer wieder zu Streitigkeiten mit seinen Kindern und auch zu Spannungen innerhalb der Ehe. Beinahe täglich stritten sich die Eheleute, und Auslöser war fast immer der übermäßige Alkoholkonsum des Familienvaters. Das Zusammenleben innerhalb der Familie wurde zunehmend schwieriger. Auf die Initiative der Frau trennte sich das Paar schließlich. Eineinhalb Jahre später sollte sich die schreckliche Tat ereignen.

Infolge der Trennung zog mein Mandant in ein nur wenige hundert Meter von der gemeinsamen Wohnung entferntes Appartement. Im Gegensatz zu der großzügigen Fünf-Zimmer-Wohnung bezog er eine kleine Ein-Zimmer-Wohnung, die ihm seine Frau über eine Zeitungsanzeige besorgt hatte.

Zunächst hatte man noch regelmäßigen Kontakt. So kam mein Mandant in der ersten Zeit täglich zum Frühstück in die Familienwohnung. Auch an den Wochenenden wurde gemeinsam gegessen, und es wurden Ausflüge mit den Kindern unternommen. Das gute Verhältnis der Eheleute endete aber jäh, als seine Frau ihm offenbarte, einen neuen Mann kennengelernt zu haben, für den sie wahre Liebe empfinde. Damit hatte mein Mandant im Leben nicht gerechnet. Bis dahin hatte er gehofft, dass er schon bald wieder zu seiner Frau und Familie zurückkehren dürfe. Er war nie davon ausgegangen, dass sein Auszug aus der gemeinsamen Wohnung dauerhaft sein würde.

Diese Botschaft löste erstmals Suizidgedanken in meinem Mandanten aus, was dazu führte, dass er sich jetzt verstärkt dem Alkohol widmete, um seine Gedanken zu betäuben. Seit seinem Auszug aus der gemeinsamen Wohnung hatte er seinen Alkoholkonsum drastisch eingeschränkt. Aus Liebe zu seiner Familie und in der Hoffnung, bald möglichst wieder zu ihr zurückkehren zu können, verzichtete er beinahe komplett auf Schnaps.

Die Nachricht seiner Frau traf ihn mit unvermittelter Härte und zog ihm den Boden unter den Füßen weg. Von nun an kapselte er sich immer weiter von ihr und seinen Kindern ab. Oft verließ er über Tage seine Wohnung nicht mehr. Nur, wenn seine gesamten Alkoholvorräte aufgebraucht waren, schleppte er sich zum nächsten Supermarkt, um für reichlich Nachschub zu sorgen. Seine Arbeitsstelle hatte er mittlerweile wegen über Wochen unentschuldigten Fernbleibens verloren.

In seiner Verzweiflung versuchte er immer wieder, seine Ehefrau in unzähligen Telefonaten von der Fortführung der Ehe zu überzeugen. Diese gab ihm jedoch unmissverständlich zu verstehen, nie mehr wieder mit ihm zusammen sein zu wollen. Sie liebe ihn einfach nicht mehr und sehe ihren Platz bei ihrem neuen Freund, mit dem sie demnächst auch zusammenziehen wolle.

Das Gericht ging davon aus, dass er sich spätestens zu diesem Zeitpunkt entschied, seine Frau zu töten.

Mein Mandant versuchte, sich über einen ehemaligen Arbeitskollegen eine scharfe Schusswaffe zu besorgen. Tatsächlich wurde ihm auch eine halb automatische Pistole mit neun Patronen zum Kauf angeboten. Der Erwerb scheiterte allerdings an den mangelnden finanziellen Mitteln, denn sein Arbeitslosengeld ging nahezu vollständig für die Alkoholexzesse drauf.

Daher suchte mein Mandant gezielt im Internet nach einer preisgünstigeren Alternative. Kurzzeitig erschien ihm sogar eine Tötung durch eine Art Samurai-Schwert denkbar. Allerdings ließ er diesen Plan schon sehr bald wieder fallen, weil er befürchtete, dass die preiswerten Schwerter für sein Vorhaben nicht scharf genug sein würden.

Schließlich wurde er fündig. Eine Woche vor der Tat erwarb er eine Pistolenarmbrust Modell „Cobra

Combat 80 lbs" und 17 Stahlpfeile für 51 Euro. Diese Waffe erschien ihm perfekt: Zum einen waren die Anschaffungskosten für ihn aufzubringen, und zum anderen war es ihm möglich, den tödlichen Schuss aus einer gewissen Distanz auf seine Frau abzugeben. Damit musste er ihr bei der Tötung nicht in die Augen schauen – schließlich liebte er sie immer noch.

Nachdem die Armbrust per Post zugestellt worden war, unternahm mein Mandant auf dem Firmengelände seines ehemaligen Arbeitgebers Schießübungen. Wie in den guten alten Zeiten fuhr er wieder mit der Straßenbahn zum Werksgelände. Früher nahm er die von seiner Frau liebevoll geschmierten Butterbrote mit – jetzt transportierte er in einer Aldi-Plastiktasche eine für sie bestimmte tödliche Waffe. Der Griff ragte oben aus der offenstehenden Tüte heraus. Das bemerkte mein Mandant zwar, setzte sein Vorhaben aber dennoch fort. Ich denke, dass er das Risiko, entdeckt zu werden, bewusst auf sich genommen hatte, weil er insgeheim hoffte, von seinem Plan doch noch abgehalten zu werden. Ich glaube nicht, dass er – zumindest zu diesem Zeitpunkt – tatsächlich seine Frau töten wollte. In einem Mandantengespräch stritt er meine Vermutung zwar vehement ab, aber eine Erklärung dafür, warum er im öffentlichen Straßenverkehr für jedermann gut sichtbar mit einer Armbrust durch Düsseldorf fuhr, konnte er mir nicht geben.

Auch bei seinen Schießübungen auf dem Werksgelände blendete er jegliches Entdeckungsrisiko aus. Neben einer Fertigungshalle richtete er – am helllichten Tag für jeden gut sichtbar – eine Art Schießstand ein. Dabei legte er eine Holzplanke auf zwei aufrecht stehende Tonnen. Auf dem Brett positionierte er einige Honigmelonen. Nun schoss er aus einer Entfernung von etwa drei Metern mehrfach auf die Melonen, die nach seiner Einschätzung die Größe des Kopfes seiner Frau hatten. Die beschädigten Melonen nahm er im Anschluss wieder mit nach Hause.

In der Gerichtsverhandlung wurde der Neffe meines Mandanten dazu als Zeuge vernommen. Er bestätigte, dass er bei seinem Onkel völlig durchlöcherte Honigmelonen gegessen habe. Sein Onkel habe ihm wohl auch freimütig erklärt, dass er zuvor mit einer Armbrust auf die Melonen geschossen habe – den Grund für seine Schießübungen habe er aber allerdings nicht verraten.

Der passende Zeitpunkt für die Tat stand für meinen Mandanten nie wirklich fest. Er war zwar jetzt im Besitz einer tödlichen Waffe und hatte sich inzwischen ein Bild von der enormen Durchschlagskraft der Stahlpfeile machen können; dennoch wusste er noch nicht, wann er seine Frau töten und ob er dafür tatsächlich stark genug sein würde.

Kurz vor der Tat versuchte er noch vergeblich, seine Frau dazu zu bewegen, ihren gemeinsamen Sohn aus dem Krankenhaus abzuholen. Dort lag er wegen einer Mandeloperation für eine Woche und sollte zwei Tage später – also am Tattag – entlassen werden. Diesen Wunsch lehnte sie jedoch ab, da sie bereits mit ihrem Freund zum Einkaufen verabredet sei. Das Gericht konnte nicht klären, ob mein Mandant bereits an diesem Tag den endgültigen Entschluss fasste, sein Vorhaben am Tag der Krankenhausentlassung umzusetzen oder ob dies erst am Tattag geschah.

Jedenfalls fuhr mein Mandant zwei Tage später – enttäuscht davon, dass seine Frau lieber Zeit mit ihrem Freund verbringt, als mit ihm den gemeinsamen Sohn aus der Klinik abzuholen – gegen 7:00 Uhr zur Wohnanschrift seiner Ehefrau. Dort angekommen, öffnete ihm seine Tochter die Wohnungstür. Auf seine Nachfrage teilte sie ihm mit, dass ihre Mutter heute entgegen ihren üblichen Gewohnheiten das Haus bereits früher zur Arbeit verlassen habe.

Mein Mandant wusste, dass seine Frau als Putzfrau in einem Mehrfamilienhaus in der Nähe arbeitete. So verließ er wortlos die Wohnung und fuhr mit seinem Wagen zu der ihm bekannten Arbeitsstelle. Tatsächlich befand sich seine Frau im Eingangsbereich des Mehrfamilienhauses. Sie wischte gerade das Treppenhaus. Dennoch bemerkte sie, dass ihr Mann mehrfach langsam an dem Haus vorbeifuhr.

Schließlich ließ er sein Auto mit laufendem Motor vor dem Haus mitten auf der Straße stehen, stieg aus, entnahm vom Rücksitz eine Plastiktüte und ging gemäßigten Schrittes direkt zum Hauseingang. Dort trat er durch die von seiner Frau mit einem Holzkeil aufgestellte Haustür. Sie putzte gerade das Treppenhaus und befand sich auf der ersten Stufe, als er ihr zurief: „Ich muss dir was zeigen!“ Aus der mitgeführten Tüte holte er die Armbrust. Bereits zu Hause hatte er die Waffe vorgespannt und einen Stahlpfeil in die Abschussvorkehrung eingelegt. Jetzt zielte er aus einer Entfernung von etwa zwei Metern in Richtung ihres Kopfes. Geistesgegenwärtig stürzte die völlig überraschte und geschockte Ehefrau auf ihren Mann zu. In dem Moment, als er die Sehne der Armbrust mit dem Pfeil spannte, umklammerte sie die Waffe. In dem Handgemenge löste sich ein Schuss. Der Stahlpfeil zischte knapp an ihrem Kopf vorbei und schlug mit lautem Krachen im Treppengeländer ein.

Sofort versuchte er, die Armbrust nachzuladen. Dafür musste er diese jedoch zunächst wieder vorspannen, was seine Frau durch Ergreifen und heftiges Zerren an der Waffe verhindern konnte.

Mein Mandant erkannte, dass die geplante Tötung misslungen war, und entschied sich spontan, sein Vorhaben auf einem anderen Weg umzusetzen. Er entriss seiner Frau die von ihr umklammerte Armbrust und versuchte, ihr mit dem Holzgriff den Schädel einzuschlagen. Seine Frau kämpfte um ihr Leben. Mit ausgestreckten Armen hielt er die Armbrust hoch über sie und war gerade im Begriff, die wuchtige Waffe von oben auf ihren Kopf zu schlagen, als es ihr gelang, sein rechtes Handgelenk zu umklammern und den Schlag abzuwehren. Jetzt biss sie in seine rechte Hand und kratzte sein Gesicht. Es gelang ihr, ihrem Peiniger immer wieder kräftig gegen die Schienbeine zu treten.

Plötzlich ließ er die Armbrust fallen, fasste ihr mit beiden Händen um den Hals und versuchte nun, sie zu erwürgen. Er wollte ihr durch heftiges Zudrücken des Halses die Luft zum Atmen nehmen. Doch auch diesen Angriff konnte sie stoppen. Es gelang ihr ein weiteres Mal, die Attacke ihres Mannes durch Beißen, Kratzen und Treten abzuwenden.

Schließlich eilten durch den Krach aufmerksam gewordene Nachbarn in den schmalen Flur und drängten den Angreifer, der überhaupt keine Gegenwehr leistete, aus dem Haus. Er war so sehr auf sein Vorhaben fokussiert gewesen, dass er die Helfer zunächst gar nicht wahrgenommen hatte.

Mein Mandant blieb noch einige Zeit bewegungslos vor der verschlossenen Glastür stehen und schaute wie hypnotisiert in das Treppenhaus, ehe er, wieder ruhigen Schrittes, zurück zu seinem Wagen ging, der immer noch mit laufendem Motor mitten auf der Straße stand.

Später berichtete er mir, dass er vor der verschlossenen Tür darüber nachgedacht hatte, wie er an seine mitgeführte und im Hausflur zurückgelassene Plastiktüte gelangen konnte. In der Tüte transportierte er neben der Armbrust samt Pfeilen auch ein Käsemesser und das Blutverdünnungsmittel Marcumar. Er hatte geplant, sich nach der erfolgreichen Tötung der Ehefrau selbst die Pulsadern aufzuschneiden. Dabei sollte das Blutverdünnungsmittel das Verbluten beschleunigen. Das später von der Polizei sichergestellte Käsemesser wäre allerdings wegen der stumpfen Klinge absolut nicht geeignet gewesen, dieses Vorhaben in die Tat umzusetzen.

Nachdem mein Mandant den Tatort verlassen hatte, fuhr er auf direktem Weg zu seinem Wohnhaus. Er parkte seinen Wagen ordentlich auf dem von ihm angemieteten Stellplatz in der Tiefgarage. Nach dem Betreten seiner im Erdgeschoss liegenden Wohnung hing er seine Jacke akkurat in der kleinen Diele an die Garderobe. Dann ging er in die Küche und nahm ein Brotmesser aus der Schublade und legte sich in die Badewanne, wo er sich oberflächliche und nicht lebensbedrohliche Schnittverletzungen an beiden Handgelenken zufügte. So verharrte er einige Minuten, bis er schließlich erkannte, dass diese Verletzungen nicht zum Freitod führen würden.

Daraufhin ging er mit dem Brotmesser und einer Flasche Rotwein in den Keller. Dort kauerte er sich in seinem kleinen Kellerverschlag in eine Ecke. Er hockte zwischen leeren Umzugskartons und Stapeln von Altpapier. Im Keller trank er etwa die Hälfte der Flasche, während er sich weitere oberflächliche Schnittverletzungen zufügte. Als man ihn später auf seine Haftfähigkeit hin untersucht hat, stellte der Anstaltsarzt fest, dass die Verletzungen eher den Charakter von Schürf- als von Schnittverletzungen aufwiesen. Ein ernsthafter Suizidversuch lag also zu keinem Zeitpunkt vor.

Nachdem mein Mandant mehrere Minuten im Keller verweilte, begann er zu frieren. Dies war aber keinesfalls auf einen möglichen Blutverlust zurückzuführen, da er tatsächlich überhaupt kein Blut verloren hatte. Allmählich wurde es ihm im luftigen Kellerraum zu kalt, weshalb er sich entschloss, sein Vorhaben erneut in die Badewanne zu verlegen. Als er mit dem Brotmesser in der einen und der halb vollen Weinflasche in der anderen Hand seine Wohnung betreten wollte, wurde er noch vor der Wohnungstür verhaftet. Die Polizei hatte ihn bereits erwartet. Er ließ sich widerstandslos festnehmen.

Das Landgericht Düsseldorf verurteilte meinen Mandanten im Dezember 2007 wegen versuchten Totschlages zu einer Freiheitsstrafe von 4 Jahren und 6 Monaten. Auf eigenen Wunsch wurde er in die Justizvollzugsanstalt Dresden verlegt, wo er 36 Monate verbüßte, bevor die Vollstreckung des Restes der Strafe zur Bewährung ausgesetzt wurde.

Zu seiner mittlerweile von ihm geschiedenen Ehefrau und seinen vier Kindern hat er keinen Kontakt mehr. Während der gesamten Haftzeit hatte ihn niemand besucht. Seinen Plan, das Leben seiner Frau und sein eigenes Leben zu zerstören, konnte er zum Glück nur zur Hälfte umsetzen.

3. TOD EINES UNSTERBLICHEN

Am 5. August 2008 rief mich mein Schülerpraktikant Deniz auf meinem Handy an und gratulierte mir zu meinem 38. Geburtstag. Nach dem Austausch der üblichen Floskeln fragte er mich schüchtern und beschämt, ob ich die Verteidigung seines ehemals besten Freundes übernehmen würde. Es ginge um Mord. Er sei soeben von dessen Schwester angerufen und gebeten worden, einen Anwalt zu besorgen. Der Freund befinde sich seit zwei Tagen in Untersuchungshaft in der Justizvollzugsanstalt Köln.

Es kam mir ein wenig skurril vor, da sich Deniz für das Praktikum in unserer Kanzlei beworben hatte, weil unser Alt-Sozius bereits dessen Onkel in den Achtzigerjahren wegen Totschlages verteidigt hatte. Ich nahm das neue Mandat an.

Den Medienberichten zufolge soll es sich dabei um das brutalste Verbrechen der Nachkriegszeit in

Düsseldorf gehandelt haben. Das Opfer wurde eigentlich dreimal umgebracht. Die beiden Täter waren zwanzig und neunzehn Jahre alt; ich verteidigte den Jüngeren der Beiden. Der Getötete, ein Obdachloser, wurde nur 54 Jahre alt. Er hatte zwar ein kleines Appartement, das ihm seine Mutter finanzierte, aber dennoch hielt er sich in den letzten vier Jahren vor seinem Tod nahezu täglich im Florapark auf, einer kleinen idyllischen Parkanlage inmitten Düsseldorfs. Dort traf er sich mit seinen Leidensgenossen, um durch den gemeinsamen Alkoholkonsum das Leben erträglicher werden zu lassen. Er suchte im Rausch auch Trost, nachdem ihn vor Jahren die Liebe seines Lebens wegen eines anderen Mannes verlassen hatte.

Im Park wurde er von seinen Mitstreitern liebevoll „Professor“ genannt. Sie wussten, dass er früher einmal an der Universität Geschichte und Erdkunde studiert hatte. Ebenfalls war ihnen bekannt, dass er nach dem Studium für einen ehemals führenden SPD-Politiker im nordrhein-westfälischen Landtag und für die Gewerkschaft gearbeitet hatte. Allerdings verkraftete er nie die Trennung von seiner großen Liebe und rutschte so immer tiefer in den Alkoholismus ab.

Aufgrund des zunehmenden Alkoholkonsums verlor er schließlich diverse Beschäftigungen und soziale Kontakte.

Der Florapark wurde im Laufe der Zeit zu seinem wahren Zuhause. Hier lernte der „Professor“ auch seine zweite große Liebe kennen. Sie war 19 Jahre älter als er und hatte ein ähnliches Schicksal zu bewältigen. Gerade deshalb entwickelte sich trotz des großen Altersunterschiedes eine innige Beziehung zwischen den beiden vom Leben bitter enttäuschten Menschen.

Aber auch dieses Glück zerbrach. Im April 2007 wurde die 72-jährige Frau tot im Weiher des Floraparks treibend von einem Spaziergänger entdeckt. Ermittlungen der Staatsanwaltschaft Düsseldorf ergaben, dass sie am Abend vor ihrem Auffinden im Park erhebliche Mengen an Alkohol konsumiert hatte. Nachdem sie sich zu fortgeschrittener Stunde von ihrer Trinkerclique verabschiedet hatte, war sie offensichtlich auf dem Heimweg noch mal zum Urinieren ins Gebüsch am Ufer des Weihers getreten. Dort war sie wohl die Böschung heruntergerutscht und aufgrund der Alkoholisierung nicht mehr in der Lage gewesen, sich aus dem hüfttiefen Wasser ans Ufer zu retten. Zum tödlichen Hergang stellten die Rechtsmediziner Folgendes fest:

„Die am Leichnam gefundenen Verletzungen sind allesamt minderschwer und nicht geeignet, das Ableben zu erklären. Insbesondere haben sich durch die Obduktion keinerlei Hinweise auf eine Gewalteinwirkung durch fremde Hand ergeben. Die Verletzungen sind allesamt uncharakteristisch."

Die Frau kann sich die Verletzungen z. B. beim Sturz die Böschung herunter in den See zugezogen haben." Da also keine Anzeichen für ein Fremdverschulden ersichtlich waren, wurden die Ermittlungen der Staatsanwaltschaft eingestellt, und die Akte wurde geschlossen. Die ältere Frau war offensichtlich bei einem tragischen Unfall ums Leben gekommen. Aber das konnte der „Professor" in seiner Trauer und Verzweiflung nicht akzeptieren. Er ging stets davon aus, dass seine Freundin einem Verbrechen zum Opfer gefallen war. Weil sie nicht schwimmen konnte, wäre sie nach seiner Theorie niemals so dicht ans Ufer herangetreten. Vom ersten Tag an verdächtigte er einen ebenfalls zum Trinkermilieu gehörenden jungen Mann, der später auch tatsächlich als Mittäter meines Mandaten wegen Mordes verurteilt wurde. Allerdings wegen des Mordes am „Professor".

Der „Professor" machte nie einen Hehl aus seinem Verdacht. Bereits am Tag des Auffindens der offenbar Ertrunkenen konfrontierte er den Freund meines Mandaten mit seinen Verdächtigungen. Man kannte sich aus unzähligen Trinkgelagen. Der junge Mann spielte sich im Florapark ständig als König des Parks auf. Im Beisein des „Professors" kam es zu unzähligen handfesten Auseinandersetzungen mit Besuchern, in deren Verläufen er seine Kontrahenten häufig in den Weiher stieß. Der mit diesem Vorwurf konfrontierte junge Mann bestritt dies vehement und reagierte auf die ständigen Verdächtigungen im Laufe der Zeit zunehmend aggressiver.

Der „Professor" schrieb im Park sogar in seinem Beisein an einer umfangreichen Strafanzeige mit umfassender Beweiswürdigung. Die Polizei fand später in der Wohnung des Getöteten eine 25-seitige, handschriftlich verfasste Strafanzeige. Diese aufgefundene Anzeige führte über ein Jahr später tatsächlich dazu, dass die Ermittlungen in der Tötungssache der älteren Frau wieder aufgenommen wurden. Allerdings brachten auch die neuen Ermittlungen keine neuen Erkenntnisse. Ein Fremdverschulden wurde weiterhin ausgeschlossen, sodass diese erneut eingestellt wurden.

Es war Anfang August 2008, an einem Samstag, als der „Professor" den jungen Mann erneut der Ermordung seiner Freundin bezichtigte, was dann schließlich zu seiner eigenen Ermordung führte.

Das spätere Opfer war bereits früh im Florapark und vertrieb sich die Zeit mit Lesen und Biertrinken. Es verweilten die üblichen Obdachlosen und Vereinsamten im Park beieinander.

Am späten Nachmittag betraten die beiden später Angeklagten die Parkanlage; mein Mandant wurde von seiner 16-jährigen Freundin begleitet. Bis zu diesem Zeitpunkt kannte mein Mandant weder den Florapark noch den „Professor". Es war die Idee seines Freundes, sich im Park zu treffen und den Sommertag gemeinsam zu verbringen. Die drei jungen Leute hatten zuvor an einem nahe gelegenen Kiosk mehrere Flaschen Bier gekauft. Die kleine Gruppe gesellte sich zu der Trinkerclique.

Der Freund meines Mandanten war der Gruppe aus unzähligen Saufgelagen wohl bekannt. Man fürchtete seine brutalen Übergriffe, die sich allzu oft aus nichtigen Anlässen heraus ergaben. Nicht zuletzt deswegen ließ man die drei jungen Menschen auf der Parkbankgruppe Quartier nehmen. Auf einer Rasenfläche nahe dem Weiher standen vier Parkbänke, die in einem Rechteck angeordnet waren. Jede Bank war mit drei Personen besetzt. Neben den Bänken standen in Plastiktüten oder auf der Wiese unzählige Bierflaschen.

Im Laufe des Nachmittags verzehrten alle Anwesenden erhebliche Mengen an Alkohol – es wurde mehrfach beim Kiosk Nachschub besorgt. Zum Abend hin verkleinerte sich die Gruppe, bis schließlich nur noch der „Professor“, die beiden späteren Angeklagten und die Freundin meines Mandanten auf den Parkbänken saßen. In dieser kleinen Runde behauptete der

„Professor“ dann wiederholt und lautstark, dass der Freund meines Mandanten seine Freundin ein Jahr zuvor im Weiher ertränkt habe. Er habe nun endlich genügend Beweise zusammengetragen, um eine fundierte Strafanzeige erstatten zu können. Der „Professor“ sei sich sicher, dass die Polizei ihn jetzt lebenslang hinter Gitter bringen werde.

Mein Mandant erfuhr so erstmals davon, dass sein Freund eines Mordes verdächtigt wurde. Allerdings nahm er die Anschuldigungen des betrunkenen Mannes nicht ernst. Er beteiligte sich auch nicht an der hitzig geführten Diskussion, sondern widmete sich vielmehr seiner Freundin und dem Alkohol. Erst als er beim Austreten zum Urinieren an den Weiher von seinem Freund an die Seite genommen wurde, kamen ihm gewisse Zweifel. Sein Freund fasste ihm an die Schulter und flüsterte mit ernster Miene und kaltem Blick, dass er den „Professor“ jetzt umbringen müsse, um zu verhindern, dass dieser zur Polizei gehe. Er wolle unter keinen Umständen lebenslänglich ins Gefängnis wandern. Er fragte meinen völlig überraschten Mandanten, ob er ihn bei der Tötung unterstütze. Mein Mandant nahm die Äußerung immer noch nicht ernst, versprach aber, ihn beim Verprügeln des „Professors“ tatkräftig zu unterstützen und ihm auch den ersten Schlag zu versetzen. Zu diesem Zeitpunkt wollte er den Tod des „Professors“ noch nicht.

Als die beiden Männer zurück an die Parkbänke traten, saßen sich der „Professor“ und die Freundin meines Mandanten auf zwei Bänken gegenüber und unterhielten sich angeregt. Die beiden Männer traten dann zwischen die beiden und bauten sich direkt vor dem „Professor“ auf. Noch bevor dieser etwas äußern konnte, schlug ihn mein Mandant ohne Vorwarnung mit der Faust kräftig ins Gesicht.

Der „Professor“ war nicht nur wegen des für ihn völlig überraschenden Angriffs von Anfang an absolut chancen- und wehrlos – er war seinen zahlenmäßig überlegenen Aggressoren auch körperlich ausgeliefert. Er selbst war nur 1,59 Meter groß und 50 Kilogramm schwer und hatte die typische hagere Trinkerfigur, während ihm die beiden Angreifer mit jeweils knapp 1,90 Metern Größe und über 90 Kilogramm Gewicht körperlich deutlich überlegen waren.

Durch die Wucht des ersten Schlages kippte das überrumpelte und wehrlose Opfer zur Seite. Als er sich wieder aufgesetzt hatte, versetzte nun der Freund meines Mandanten dem bereits Benommenen weitere harte Faustschläge gegen Kopf, Gesicht und Oberkörper. Nachdem absolut keine Gegenwehr mehr erfolgte, trat mein Mandant noch gegen den Kopf des „Professors", der in sich zusammengesackt immer noch auf der Bank saß.

Mein Mandant schritt dann zurück, denn für ihn war die Angelegenheit damit erledigt. Er erkannte, dass der „Professor" nicht mehr in der Lage war, sich auch nur ansatzweise zur Wehr zu setzen. Das musste auch sein Freund erkannt haben. Doch anstatt von weiteren Angriffen Abstand zu nehmen, trat dieser jetzt von hinten um die Parkbank herum an den „Professor" heran und begann, ihn mehrere Minuten lang zu würgen. Dazu legte er seinen Arm mit der Armbeuge um Hals und Kehlkopf des Opfers und drückte anhaltend fest zu. Dabei hob er den „Professor" mit dem Gesäß von der Sitzfläche nach oben. Er zog dann sein nach Luft keuchendes Opfer von der Bank und würgte es auf dem Boden kniend weiter, bis es regungslos zusammenbrach. Das Opfer hatte in seinem Todeskampf bis zum Schluss verzweifelt mit Armen und Beinen gezappelt.

Der junge Mann war wütend und voller Zorn auf den „Professor" wegen der ständig gegen ihn erhobenen und ihn insbesondere bei seinen beiden Freunden in Misskredit bringenden Beschuldigungen, für den Tod der alten Frau ein Jahr zuvor verantwortlich zu sein. Während des Würgens schrie die Freundin meines Mandanten immer wieder: "Hör auf! Du bringst ihn um!" Auch mein Mandant forderte seinen völlig in Rage geratenen Freund auf, vom „Professor" endlich abzulassen. Irgendwann schienen die lautstarken Aufforderungen Wirkung gezeigt zu haben, denn er ließ tatsächlich vom Opfer ab.

Dann stand er auf und ging wortlos und zielgerichtet auf eine in circa 20 Metern Entfernung auf einem gepflasterten Weg stehende 60 Kilogramm schwere Parkbank zu. Die Bank war nur noch an einer Seite im Boden fest verankert. Er riss diese vollends aus der Verankerung und schleppte sie zu dem immer noch ohnmächtig am Boden liegenden „Professor". Dabei wich er der ihm im Weg stehenden Freundin meines

Mandanten aus, die ihn panisch fragte, was er mit der Bank vorhabe. Er antwortete nur, dass er garantiert nicht in den Knast gehe. Er wuchtete dann die massive Bank auf Brusthöhe und ließ sie mit der Rückenlehne voran auf den „Professor“ fallen, der an Kopf und Oberkörper getroffen wurde.

Nach dieser Attacke sammelte er noch sein Leergut ein, um keine Spuren in Form von Fingerabdrücken und Speichelresten zu hinterlassen.

Dann verließen die drei den Park und ließen den stark blutenden „Professor“ unter der Parkbank begraben zurück – wohl in der Annahme, dass dieser bereits durch das Würgen oder spätestens durch das Erschlagen mit der schweren Parkbank zu Tode gekommen war. Die drei jungen Menschen sollten jedoch nicht Recht behalten.

Man entschloss sich nun, zunächst die Freundin meines Mandanten gemeinsam nach Hause zu begleiten. Sie kamen überein, Stillschweigen über den Vorfall zu bewahren und sich möglichst unauffällig zu verhalten.

Mein Mandant begleitete seine Freundin noch ins Treppenhaus, wo er ihr versprach, auf dem schnellsten Weg nach Hause zu gehen. Doch als er draußen vor der Haustür mit seinem Freund nochmals über den Vorfall sprach, kamen diesem Zweifel, ob der „Professor“ tatsächlich tot sei. Er war der Ansicht, sich diesbezüglich vergewissern zu müssen; schließlich wolle er ja unter keinen Umständen den Rest seines Lebens im Gefängnis verbringen. Obwohl mein Mandant seiner Freundin versprochen hatte, sich direkt nach Hause zu begeben, ging er dann doch gemeinsam mit seinem Freund zurück zum Tatort.

Im Park angekommen, bot sich den beiden überraschten Männern ein gespenstisches Bild. Im kargen Mondlicht konnten sie den „Professor“ bewegungslos auf einer der Parkbänke mit dem Rücken zu ihnen sitzend erkennen. Beide Täter setzten sich zu dem apathisch und benommen wirkenden Mann und nahmen ihn in ihre Mitte. Er wies erhebliche Schwellungen im Gesicht auf, und das Blut rann ihm immer noch aus der angeschwollenen Nase und aus diversen Platzwunden über das geschundene Gesicht.

Der Freund meines Mandanten gab sich völlig ahnungslos und fragte den „Professor“ scheinheilig, was ihm denn Schreckliches passiert sei; er sehe ja fürchterlich mitgenommen aus. Der Verletzte konnte oder wollte diese Fragen nicht beantworten. Er erwiderte ausweichend, „dass etwas ganz Schlimmes passiert sei“, und er nannte dessen Vornamen. Dabei betonte er den Namen auffällig lang gezogen und schaute ihm eindringlich in die Augen.

Diese Betonung ließ den Freund meines Mandanten vermuten, dass sich der „Professor“ sehr wohl an den Angriff durch die beiden Männer erinnerte. Als sich der „Professor“, so gut es ihm wegen seiner Verletzungen überhaupt möglich war, von der Parkbank erhob und schwankend in Richtung Parkausgang humpelte, zischte der Mitangeklagte meinem Mandaten zu, dass sie ihn nun tatsächlich umbringen müssten.

Der „Professor“ würde jetzt mit Sicherheit den Angriff bei der Polizei zur Anzeige bringen, was dann beide ins Gefängnis bringen würde. Zunächst zögerte mein Mandant noch. Als der „Professor“ aber bereits die Fußgängerbrücke, die über den Weiher führt, erreicht hatte, entschloss auch er sich, den einzigen Zeugen aus dem Weg zu räumen.

Die Männer liefen dem „Professor“ nach und holten ihn in der Mitte der Brücke ein. Ohne ein Wort zu verlieren, warfen sie gemeinsam ihr wehrloses Opfer aus 2,5 Metern Höhe in den Weiher. Der seichte Florateich hat an dieser Stelle nur einen halben Meter Wassertiefe. Als der „Professor“ nach dem Sturz im Weiher zum Stehen kam, rief er seinen Peinigern resignierend zu „Bringt es jetzt endlich zu Ende, ihr Schweine!“

Daraufhin hastete der selbst ernannte König vom Florapark zum Ende der Brücke, kletterte über den sich am Brückengeländer anschließenden Zaun und stieg zum „Professor“ ins Wasser, der sich zwischenzeitlich in Richtung Ufer bewegt hatte. Wortlos ergriff er sein Opfer und drückte dessen Kopf so lange unter Wasser, bis es aufhörte, mit Armen und Beinen zu strampeln. Bei diesem mehrere Minuten andauernden Angriff setzte er sich mit seinem gesamten Körpergewicht auf den hilflosen „Professor“. Mein Mandant, der die Tötung jetzt auch wollte, stand die ganze Zeit stumm und regungslos auf der Brücke.

Nachdem sich das Opfer nicht mehr bewegte, hob der Mittäter den leblosen Körper aus dem Wasser, um ihn an Land im Gebüsch zu verstecken. In diesem Moment begann der Körper wieder zu zucken, woraufhin der „Professor“ nochmals über einen längeren Zeitraum unter Wasser gedrückt wurde, bis sich beide Männer schließlich sicher waren, dass der einzige Zeuge nun für immer schweigen würde. Endlich zogen sie den leblosen und geschundenen Körper an Land und verscharrten ihn am Ufer im dichten Gebüsch, das von einem Schilfgürtel umsäumt war.

Beide Männer eilten dann zu der nicht weit entfernten Wohnung des völlig durchnässten Freundes meines Mandanten. Dort angekommen, wechselte er seine Kleidung, und beide kamen überein, nochmals an den Tatort zurückzukehren, um wirklich ganz sicher gehen zu können, dass vom „Professor“ tatsächlich keine Gefahr mehr ausgehe. Der Mittäter steckte noch ein Klappmesser mit einseitig geschliffener, etwa 10 Zentimeter langer Klinge ein und suchte zwei Paar Gummihandschuhe unterschiedlicher Farbe heraus. Das schwarze Paar behielt er für sich, während er das rosafarbene Paar meinem Mandanten reichte, der dieses in seine Tasche steckte.

In der Hauptverhandlung gab der Mittäter später an, die rosafarbenen Handschuhe an meinen Mandanten abgegeben zu haben, da er diese für sich als zu „mädchenhaft“ empfand.

Insgesamt hielt man sich etwa zwanzig Minuten in der Wohnung auf, bevor man den Rückweg in den Florapark antrat. Auf dem Rückweg zum Tatort entsorgte der Mittäter noch seine feuchte Kleidung in einem Altkleidercontainer.

Bereits am Parkeingang zogen sie sich die mitgebrachten Gummihandschuhe an, um keine weiteren Spuren zu hinterlassen. Als sie sich dem Teichufer näherten, erblickten sie durch das Gebüsch den „Professor“ genau an der Stelle, wo sie ihn im Schilf zurückgelassen hatten. Mit entblößtem Oberkörper saß er aufrecht, ihnen mit dem Rücken zugewandt, mit Blickrichtung zum Teich. Er hatte sein nasses Hemd ausgezogen und war dabei, es auszuwringen.

Wortlos und zielstrebig näherten sich ihm die Männer. Es bedurfte keiner weiteren Absprache. Der Mittäter schlich voran. Er nahm das Klappmesser aus seiner Tasche, öffnete es und trat von hinten an den „Professor“ heran. Ohne Vorwarnung stach er mehrfach in schneller Folge in die rechte Rückenpartie seines ahnungslosen Opfers. Sodann trat er zurück und übergab meinem Mandanten das Messer, der seinerseits ohne zu zögern mehrfach zustieß.

Meinem Mandanten blieb in diesem Zusammenhang in Erinnerung, dass vom „Professor“ absolut kein Laut ausging. Weder Schmerzensschreie noch sonstige Laute wurden von ihm ausgestoßen. Allerdings verursachte das Zustechen „quietschende“ Geräusche, die man kaum beschreiben könne.

Offensichtlich hatte sich das Opfer seinem tödlichen Schicksal nun endgültig ergeben.

Jetzt übernahm der Mitangeklagte wieder das Messer und stach weiter auf den leblosen „Professor“ ein. Er stach ihm noch zweimal in den Hals, um absolut sicher sein zu können, dass das Opfer endlich tot sein würde. Zum Schluss wurde dem mittlerweile auf dem Bauch liegenden „Professor" noch ein 33,5 Zentimeter langer Schnitt entlang der Wirbelsäule zugefügt. Eine Erklärung für diesen zur Tötung nicht erforderlichen Schnitt konnten die beiden Angeklagten in der Hauptverhandlung nicht geben. Sie waren nicht einmal in der Lage, anzugeben, wer dem Opfer diese sinnlose Verstümmelung zugefügt hatte.

Im Anschluss daran wurde der völlig blutüberströmte, geschundene Körper tief ins Gebüsch gezogen und mit Zweigen abgedeckt. Dann hasteten die beiden Täter wortlos davon. Bevor sie zurück in die Wohnung gingen, machten sie noch einen Umweg zum Rhein, wo sie die Handschuhe und das Klappmesser versenkten.

Weil es mittlerweile spät geworden war, entschloss sich mein Mandant, bei seinem Freund zu übernachten. Vor dem Einschlafen tranken beide noch ein Bier und gaben sich so, als wäre nichts geschehen. Mein Mandant erzählte mir, dass er weder an diesem Abend noch später auch nur ein einziges Wort mit dem Mitangeklagten über diese Angelegenheit verloren habe.

Am nächsten Tag wurde der „Professor" gegen Mittag von einem Spaziergänger entdeckt. Die noch am selben Tag durchgeführte Obduktion ergab, dass insgesamt sechsundzwanzig – teilweise tief in den Körper reichende – Stiche zum Verbluten und damit zum Tod des Opfers führten. Dabei wurden unter anderem die Lunge und das Zwerchfell durchstochen. Der Leichnam wies überdies erhebliche Zeichen stumpfer Gewalteinwirkung am Kopf sowie am Brustkorb auf. Es fanden sich um beide Augen und Schläfen herum massive Einblutungen sowie diverse Platzwunden auf der Stirn. Zudem wurden Rippenbrüche der dritten bis achten Rippe rechts sowie der vierten, fünften und siebten Rippe linksseitig festgestellt. Eine im Rahmen der Obduktion entnommene Blutprobe ergab eine Blutalkoholkonzentration von 3,24 Promille.

Wiederum einen Tag später wurden beide Täter wegen des Verdachts des Mordes an dem „Professor" verhaftet. Die Befragungen der täglichen Parkbesucher ergaben sofort, dass die letzten Personen, die den „Professor" noch lebend gesehen hatten, die beiden jungen Männer und die Freundin meines Mandanten gewesen seien.

Es kam dann auch heraus, dass der „Professor“ den allseits bekannten Mittäter und selbst ernannten König vom Florapark seit geraumer Zeit des Mordes an dessen Freundin verdächtigte, weshalb es immer wieder zu Streitereien zwischen den beiden gekommen war. Damit hatten die Ermittler schon sehr früh einen möglichen Täter und sein Motiv.

Der Zugriff durch die Polizei war reine Formsache, da der Trinkerclique auch die Anschrift des Mittäters bekannt war. Dieser hatte in seiner ersten Vernehmung bei der Polizei – wie unter den Freunden abgesprochen – angegeben, den Tattag nicht im Florapark, sondern bei meinem Mandanten mit dessen Freundin zu Hause verbracht zu haben. Diese Lüge flog aber schnell auf. Auch mein Mandant und dessen Freundin wurden daraufhin verhaftet.

Die junge Frau wurde bereits am selben Tag wieder auf freien Fuß gesetzt. Das gegen sie geführte Strafverfahren wurde mangels hinreichenden Tatverdachts bald eingestellt.

Sieben Monate nach der grausamen Tat wurden die beiden Männer im März 2009 vor dem Landgericht Düsseldorf zu jeweils zehn Jahren Jugendstrafe verurteilt. Den Angeklagten kamen ihr junges Alter und ihre mangelnde Reife zugute, sodass das Gericht lediglich Jugendstrafrecht mit der Höchststrafe von zehn Jahren angewendet hatte.

Beide Verurteilten nutzten die Zeit im Gefängnis, um den Hauptschulabschluss nachzuholen und eine Ausbildung zum Tischler bzw. Maurer zu absolvieren. Sie werden voraussichtlich erst nach Verbüßung der kompletten Strafe im Jahre 2018 – unter Anrechnung der Untersuchungshaft – aus der Haft als 29- bzw. 30-jähriger Mann entlassen werden.

4. TÖDLICHES SPIEL

Von diesem Fall erfuhr ich aus der Lokalpresse. Ende 2005 ließ eine 21-jährige Japanerin in Düsseldorf ihren zweijährigen Stiefsohn in einem Samsonite-Koffer ersticken. Bei der Lektüre der Zeitungsartikel habe ich mich unweigerlich gefragt, was für ein grausamer Mensch diese Frau wohl sein muss, dass sie es tatsächlich fertigbringt, einen zweijährigen Jungen kaltblütig zu ersticken – zu diesem Zeitpunkt war mein zweitgeborener Sohn ebenfalls zwei Jahre alt.

Wenige Tage später besuchte ich die Frau in der Justizvollzugsanstalt Dinslaken nahe Duisburg. Dieses Gefängnis gehört eher zu den kleineren Hafthäusern in Nordrhein-Westfalen und beherbergt ausschließlich weibliche Gefangene. Neben der Japanerin waren zu diesem Zeitpunkt noch 78 andere Gefangene inhaftiert.

Ihr Ehemann hatte mich mit ihrer Verteidigung beauftragt. Das erste Gespräch verlief sehr schleppend. Die junge Japanerin sprach kein Wort Deutsch, weshalb ich sie mit einem Dolmetscher aufsuchte. Beim Erstgespräch ging es mir zunächst darum, sie kennenzulernen, ihr Vertrauen zu gewinnen und ihr das weitere Prozedere zu erklären. Schließlich befand sie sich erstmals in Untersuchungshaft und hatte sich bis dahin nie etwas zuschulden kommen lassen. Jetzt saß sie wegen des dringenden Tatverdachts des Mordes hinter Gittern. Während des gesamten halbstündigen Gesprächs schaute sie weder mich noch den Dolmetscher an. Sie vermied jeden Blickkontakt, saß uns völlig regungslos mit hängenden Schultern gegenüber und starrte unablässig mit gesenktem Kopf auf ihre im Schoß gefalteten Hände. Ihre langen, glatten, schwarzen Haare hingen wie ein Vorhang herab, der beinahe ihr gesamtes Gesicht verhüllte. Selbst beim Unterzeichnen der Prozessvollmacht bewegte sie nichts anderes als ihre rechte Hand.

Auf all meine Fragen antwortete sie nur sehr knapp und ließ dadurch nicht einmal erahnen, wie sie zu der ihr vorgeworfenen Tat stand. Auf mich machte sie dadurch den Eindruck einer gefühllosen Stiefmutter, wie sie in einem Märchen nicht treffender beschrieben werden könnte.

Auf dem Rückweg nach Düsseldorf erklärte mir der japanische Dolmetscher, dass Asiaten grundsätzlich keinerlei Gefühlsregungen gegenüber Fremden zeigen würden. Ich sollte mich von ihrer kalten Fassade nicht täuschen lassen. Es sei nahezu unmöglich, für einen Fremden auch nur den kleinsten Einblick in deren Gefühlswelt zu erlangen.

In Düsseldorf hat sich über viele Jahrzehnte mit über 6500 Menschen die größte japanische Gemeinschaft in Deutschland etabliert. Damit stellt sie die drittstärkste Kolonie in Europa hinter London und Paris dar.

Der zuständige Staatsanwalt teilte mir im ersten Gespräch beinahe fassungslos mit, dass in Düsseldorf trotz der vielen hier lebenden Japaner bisher lediglich ein einziges Strafverfahren gegen einen Japaner geführt wurde. Es soll sich dabei allerdings um eine Lappalie gehandelt und mit einer Verfahrenseinstellung geendet haben.

Einige Tage später erhielt ich die von mir beantragte Ermittlungsakte von der Staatsanwaltschaft zur Einsichtnahme. Nach dem Akteninhalt beruhte der Tatverdacht ausschließlich auf der Aussage der Mandantin. Demnach habe sich der kleine Junge beim Spielen in den Reisekoffer gelegt und dabei auch selbst den Deckel zugeklappt. Daraufhin habe sie „lediglich" die beiden Kofferschlösser arretiert. Sie fühlte sich von dem laut spielenden Jungen genervt und wollte durch das Wegsperren einfach ihre Ruhe erlangen. Als sie nach einer Weile nach ihrem Stiefsohn geschaut habe, fand sie diesen leblos im Koffer vor.
Ziel der Verteidigung war es, die Tötung als Unfall darzustellen und klar herauszuarbeiten, dass die junge Frau den Tod des Jungen niemals gewollt hatte und ebenso wenig voraussehen konnte.

Fakt ist, dass die im achten Monat schwangere Täterin mit ihrer damaligen Lebenssituation völlig überfordert war. Die Schwangerschaft verlief bis dahin überaus problematisch, und sie fürchtete die anstehende Geburt. Zudem musste sie sich um die einjährige gemeinsame Tochter und den zweijährigen Stiefsohn kümmern.

Meine Mandantin war erst seit wenigen Monaten in Deutschland und sprach kein Wort Deutsch. Sie hatte keinerlei soziale Kontakte – weder zu Freunden noch zur Familie. Ihr Ehemann war zum Tatzeitpunkt bereits mehrere Tage in Japan auf Geschäftsreise gewesen. Ursprünglich war geplant, dass er an diesem Tag zurückkehren sollte. Allerdings musste er seine Reise um eine Woche verlängern, was er ihr erst kurz vor dem tödlichen Ereignis mitteilte.

Bis zu diesem Zeitpunkt hatte die bereits völlig mit der Situation überforderte Frau auf die Hilfe ihres Mannes gehofft – vergeblich, wie sich später noch herausstellen sollte.

Der kleine Junge stammte aus der ersten Ehe ihres Mannes und hatte noch bis vor Kurzem bei seinen Großeltern in Japan gelebt. Erst auf den ausdrücklichen Wunsch und den damit verbundenen Druck ihres Mannes gab die junge Frau ihren Widerstand auf und nahm den ihr fremden Jungen in ihre kleine Familie auf. Er war ein hyperaktives Kind, das, um Aufmerksamkeit zu erhaschen, oft mehrere Stunden am Tag ununterbrochen geschrien hatte. Dadurch wurde das

Leben aller – auch das des ersten gemeinsamen Kindes des jungen Ehepaares, ein einjähriges Mädchen – ständig in Mitleidenschaft gezogen.

Meine erst 21-jährige Mandantin war in ihrem jungen Alter mit ihren Aufgaben als Mutter und Ehefrau absolut überfordert und fühlte sich von ihrem 26 Jahre älteren Ehemann allein und im Stich gelassen. Die Fürsorge für ihr leibliches Kind, die anstehende Geburt und die täglichen nervenaufreibenden Auseinandersetzungen mit dem nicht in den Griff zu bekommenden Stiefkind führten zur Überschreitung der Grenzen der Belastbarkeit – und schließlich zum tragischen tödlichen Unfall.

Nachdem die junge Frau erfahren hatte, dass ihr Mann planwidrig noch länger in Japan bleiben würde und der Junge sie erneut durch unaufhörliches Geschrei fast bis zur totalen Verzweiflung getrieben hatte, sehnte sie sich nach nichts anderem als Ruhe und Erholung; sie brauchte dringend eine Auszeit.

Die vierköpfige Familie bewohnte eine kleine, fünfzig Quadratmeter große Parterrewohnung im ruhigen

Düsseldorfer Stadtteil Niederkassel – dort leben die meisten der in Düsseldorf ansässigen Japaner. Hier gibt es zahlreiche japanische Supermärkte, einen japanischen Kindergarten und eine japanische Schule.

Im Souterrain der Zweizimmerwohnung befand sich noch eine Art Abstellraum, wo unter anderem die Koffer aufbewahrt wurden. Der unbeaufsichtigte Junge kletterte zunächst unbemerkt die Kellertreppe hinunter. Erst als die junge Frau Windeln für die kleine Tochter aus dem Keller holen wollte, bemerkte sie, dass er sich beim Spielen in einen Samsonite-Hartschalenkoffer gelegt und selbst den Kofferdeckel zugeklappt hatte. Die junge Frau, die sich seit Monaten nach Ruhe sehnte, arretierte wortlos leise die beiden Schlösser – der Kleine saß also in der tödlichen Falle. Nachdem sie die Windeln aus dem Vorratsregal genommen hatte, verließ sie den Kellerraum. Endlich hatte sie ihre ersehnte Auszeit und konnte sich ausschließlich und ausgiebig ihrer braven, leiblichen Tochter widmen.

Der Junge versuchte zunächst, durch Aufdrücken des Kofferdeckels seiner dunklen Höhle zu entkommen.

Vergeblich, es gab keine Rettung – der Deckel ließ sich keinen Millimeter bewegen.

Wie die spätere Obduktion der Kinderleiche gezeigt hat, boxte der verzweifelte Junge im Todeskampf heftig mit seinen kleinen Fäusten gegen den Deckel. Neben den verletzten Händen wurden auch entsprechende Verletzungsmuster an den Knien festgestellt. Er musste versucht haben, durch Kniestöße mit aller Kraft den Deckel aufzudrücken. Die blutigen Hautabschürfungen an Händen und Knien gaben Zeugnis darüber, wie tapfer und verzweifelt der kleine Junge seinen Todeskampf geführt haben musste. All seine Bemühungen blieben tragischerweise ohne Erfolg – er erstickte im Alter von nur zwei Jahren in einem schwarzen Samsonite-Koffer.

Besonders schockierend empfand ich die Tatsache, dass exakt zu dem Zeitpunkt, als sich das Kind im Todeskampf befand, die Polizei an der Wohnungstür der jungen Frau klingelte. Nachbarn hatten sie gerufen, weil sie ihren Wagen entgegen der Fahrtrichtung vor der Haustür auf dem Gehweg abgestellt hatte. Die Beamten forderten sie auf, das Auto umzuparken.

Während sie dem nachkam, passten die beiden Polizisten in der Wohnung kurz auf das kleine Mädchen auf. Was für ein zynisches Szenario, denkt man an den in derselben Wohnung im Souterrain gegen die Atemnot kämpfenden Jungen!

Die Polizeibeamten sagten später vor Gericht aus, absolut nichts Verdächtiges am Verhalten der Japanerin festgestellt zu haben. Von der sich zeitgleich abspielenden Tragödie hatten die Beamten nichts bemerkt.

Unabhängig vom dramatischen und qualvollen Tod des kleinen Jungen war für mich die Verteidigungsstrategie klar definiert. Es durfte nur eine Verurteilung wegen fahrlässiger Tötung in Betracht kommen. Das Gericht sollte weder davon ausgehen können, dass meine Mandantin den Tod des Jungen wollte noch billigend in Kauf genommen hatte. Denn das hätte zwingend eine Verurteilung wegen Mordes oder Totschlages zur Folge gehabt.

Es sollte herausgearbeitet werden, dass es der völlig überforderten jungen Frau nicht im Entferntesten darum ging, den Jungen zu bestrafen – geschweige denn zu töten. Es ging ihr einzig und allein darum, ihre langersehnte und wohl auch bitter notwendige Ruhe endlich genießen zu können. Dabei war es für meine Mandantin nicht entscheidend, dass das Kind in einem Koffer weggesperrt wurde. Wäre er beispielsweise in einen Kleiderschrank mit luftdurchlässigen Lamellentüren geklettert oder in eine mit Luftlöcher versehene Wäschekiste, so hätte sie auch die Schranktür bzw. Wäschekistendeckel geschlossen, um ihn nicht länger ertragen zu müssen. Dafür hätte sie ihm eben nicht die Luft zum Atmen nehmen müssen.

Es stellt sich in diesem Zusammenhang die entscheidende Frage, ob meine Mandantin zum Zeitpunkt des Abschließens des Koffers überhaupt davon ausgehen konnte, dass der Junge keine Luft mehr bekommen würde bzw. wie lange er ohne Frischluftzufuhr überleben konnte.

Von mir im Freundeskreis durchgeführte Befragungen, wie lange ein Kleinkind wohl in einem verschlossenen Hartschalenkoffer schadlos ausharren könnte, lieferten die unterschiedlichsten Ergebnisse. Einige waren der Ansicht, dass so ein Koffer niemals vollständig luftdicht wäre und deshalb auch nie eine Erstickungsgefahr drohen würde. Andere wiederum meinten, dass im vollständig luftdichten Koffer für bis zu drei Stunden ausreichend Luft vorhanden wäre. Nur wenige waren der Ansicht, dass bereits nach fünf Minuten der Erstickungstod sicher eintrete.

Der Sachverständige hat später zu dieser Frage gutachterlich festgestellt, dass ein Samsonite-Hartschalenkoffer grundsätzlich luftdicht sei und ein Kleinkind maximal 30 bis 40 Minuten bei ruhigem Verhalten im Koffer überleben könne.

Meine Mandantin war aber keine gerichtlich bestellte Sachverständige. Sie ging davon aus, dass der Koffer luftdurchlässig wäre und schon deshalb nie eine konkrete Lebensgefahr für den Jungen bestand. Streng genommen hatte sie sich zum Zeitpunkt des Verschließens der Schlösser überhaupt keine Gedanken darüber gemacht.

Juristisch kommt es aber gerade auf diesen Zeitpunkt an. Das Gericht muss bei der Urteilsfindung auf den Täterhorizont, also auf die Gedanken des Täters zum Tatzeitpunkt abstellen. Was hat die Frau beim Arretieren der beiden Kofferschlösser gedacht? Hat sie sich Gedanken darüber gemacht, dass der Junge sich in akuter Lebensgefahr befinden könnte? Oder ging sie fälschlicherweise davon aus, dass der Koffer nicht luftdicht schließt? Oder hat sich die junge Japanerin möglicherweise überhaupt keine Gedanken diesbezüglich gemacht hat?

Ihr Verhalten direkt nach der Tat sprach zumindest eindeutig gegen einen Tötungswillen. Als sie ihren Stiefsohn nach einer Weile wieder aus dem Koffer befreien wollte, musste sie mit Erschrecken feststellen, dass der leblose Junge nicht mehr atmete. Sofort begann sie mit Wiederbelebungsmaßnahmen. Sie beatmete ihn über einen längeren Zeitraum von Mund zu Mund mit der dazugehörigen Herzmassage. Als die Atmung trotzdem nicht wieder einsetzte, rief sie einen in Düsseldorf lebenden japanischen Freund ihres Mannes an, der in der Lage war, umgehend den Notarzt zu informierten. Doch jegliche ärztliche Hilfe kam zu spät – es konnte nur noch der Erstickungstod des Jungen festgestellt werden.

Bedauerlicherweise konnte ich diese Verteidigungsstrategie in der Hauptverhandlung vor der Schwurgerichtskammer des Landgerichts Düsseldorf nicht mehr umsetzen. Noch bevor das gerichtliche Verfahren eröffnet wurde, hatte ich das Mandat aus finanziellen Gründen niederlegen müssen.

Ich hatte zu Beginn des Verfahrens mit dem Ehemann meiner Mandantin eine anwaltsübliche Honorarvereinbarung getroffen. Nachdem der erste Vorschuss geleistet worden war, erfuhr der Ehemann aus der Presse, dass meine Mandantin seinen Sohn vor der Tat nicht unerheblich misshandelt haben soll. Die Zeitungen berichteten von einer Vielzahl von Hämatomen, die über den ganzen Körper des Jungen verteilt waren. Diese sollten dem ungeliebten Stiefsohn allesamt von der bösen Stiefmutter zugefügt worden sein.

Die Medien beriefen sich auf den Pressesprecher der Staatsanwaltschaft, der Teile des Obduktionsberichtes preisgab. Der Ehemann kam daraufhin völlig aufgelöst in meine Kanzlei und fragte mich, ob es der Wahrheit entspräche, was er über seine Frau und die Misshandlungen seines Sohnes erfahren habe. Er erklärte mir, dass die Mütter bei den Japanern traditionell die Erziehung übernähmen. Einfache körperliche

Züchtigungen gehörten zwar zur Erziehung. Er habe aber nie mitbekommen, dass seine Frau unangemessene Härte gegenüber seinem Sohn gezeigt hätte.

Ich erklärte ihm, dass ich ihm die Frage nicht beantworten könne, da dies von meiner anwaltlichen Verschwiegenheitsverpflichtung umfasst sei. Ich bräuchte die ausdrückliche Genehmigung seiner Frau.

Ich war sehr erleichtert, ihm – zumindest zu diesem Zeitpunkt – noch nichts von den Misshandlungen berichten zu müssen. Selbstverständlich hatte auch ich diese in der Akte dokumentierten Verletzungen gesehen.

Einige Tage später erschien er erneut unangekündigt in meiner Kanzlei und teilte mir mit, dass er seine Frau im Gefängnis besucht habe und sie mit der Aushändigung des Obduktionsberichtes an ihn einverstanden wäre. Ich war jedoch noch immer nicht bereit, seinem Ansinnen nachzukommen.

Denn zum einen konnte – und durfte – ich nicht ohne Weiteres glauben, dass sie ihm tatsächlich das Recht auf Akteneinsicht gewährt hatte, obwohl sie hätte wissen müssen, dass die Fotos ihre brutalen Misshandlungen an dem kleinen Jungen eindrucksvoll dokumentieren würden. Zum anderen wollte ich auch als Vater eines gleichaltrigen Sohnes dem trauernden Vater ersparen, die grausamen und unvergesslichen Obduktionsfotos seines in sämtliche Organe zerlegten Sohnes anschauen zu müssen.

Am nächsten Tag suchte ich wieder in Begleitung des Dolmetschers meine Mandantin in der Justizvollzugsanstalt Dinslaken auf. Dies sollte mein letzter Besuch und zugleich letzter Kontakt zu ihr sein.

Ich hatte die Kopien des Obduktionsberichtes samt Fotos dabei und ließ sie durch den Übersetzter fragen, ob sie tatsächlich wünsche, dass ihr Ehemann diese erschütternden Obduktionsfotos mit den darauf eindeutig zu erkennenden Misshandlungsverletzungen zu Gesicht bekomme. Dabei hatte ich ihr die Fotomappe verkehrt herum hingehalten. Auch ihr wollte ich den Anblick der grausamen Fotos ersparen. Schließlich war sie in meinen Augen keine Mörderin. Die Düsseldorfer Gerichtsmedizin hatte eine umfangreiche Obduktion vorgenommen. Dabei wurde zunächst der Leichnam von außen durch bloße Inaugenscheinnahme nach der möglichen Todesursache untersucht. Daran anschließend wurde die Kopfhaut vom Schädel, wie eine Mütze, nach hinten zur Seite geschoben. Die Augäpfel wurden zur Untersuchung entfernt. Im Anschluss daran wurden sämtliche inneren Organe dem vom Schambein bis zum Kinn aufgeschnittenem Körper entnommen und einzeln gewogen und vermessen.

Das erste Foto des Obduktionsberichtes zeigte den Jungen unbekleidet mit anliegenden Armen und ausgestreckten Beinen auf einem kalten Obduktionstisch aus Edelstahl auf dem Rücken liegend. Sein magerer und fragil wirkender Knabenkörper war übersät mit frischen und auch älteren Hämatomen. Die Mandantin äußerte etwas, das vom Dolmetscher nicht übersetzt wurde, riss mir die Bildermappe aus den Händen, drehte diese zu sich und schaute sich in aller Seelenruhe jede einzelne Seite der über zwanzigseitigen Darstellung des Grauens an. Dabei zeigte sie absolut keine Gefühlsregung. Sie verzog keine Miene. Dieses Verhalten war für mich auch nicht mehr mit der asiatischen Zurückhaltung von Gefühlen zu erklären. Währenddessen beleckte sie immer wieder den Zeigefinger ihrer rechten Hand, um die Seiten beim Umblättern besser greifen zu können. Sie studierte regelrecht jedes einzelne auf der Waage der Gerichtsmedizin liegende Organ ihres Stiefsohnes, was mich noch heute bis ins Mark erschaudern lässt.

Nachdem ich ihrem Mann den Obduktionsbericht wunschgemäß noch am selben Tag vollständig übergeben hatte, war er nicht mehr länger bereit, die Kosten der Verteidigung seiner Frau zu übernehmen. Er kündigte die Wohnung und zog mit der gemeinsamen Tochter zurück nach Japan. Seine mittlerweile hochschwangere Frau ließ er in Deutschland zurück. Während der Untersuchungshaft brachte sie im Justizvollzugskrankenhaus in Fröndenberg im Sauerland ihr zweites Mädchen zur Welt und wurde schließlich vom Landgericht Düsseldorf wegen Totschlages zu einer Haftstrafe von acht Jahren verurteilt.

Offensichtlich ist es dem Kollegen, der die Sache als Pflichtverteidiger von mir übernommen hatte, nicht gelungen, die Tat als das darzustellen, was sie in Wirklichkeit war: ein tragischer Unfall.

5. BODYGUARD

Es war wie bei einem TV-Casting – allerdings für Anwälte: Insgesamt hatte der wegen Mordverdachts einsitzende Mann sechs Rechtsanwälte nacheinander in die Justizvollzugsanstalt Düsseldorf einbestellt und umfangreiche „Bewerbungsgespräche“ geführt. Wir sollten ihm Verteidigungsstrategien und Prognosen unterbreiten. Von einem Kollegen weiß ich sicher, dass er dem potenziellen Mandanten einen Freispruch garantiert hatte. Ich dagegen stellte ihm im absolut besten Fall eine Verurteilung wegen Totschlages mit einer zu erwartenden Freiheitsstrafe um die 14 Jahre in Aussicht. Immerhin saß er wegen dringenden Mordverdachts in Untersuchungshaft, was bei einer Verurteilung wegen Mordes immer zu einer lebenslangen Freiheitsstrafe führen muss.

Im ersten Gespräch lasse ich meine Mandanten zunächst immer ihre Sicht der Dinge darstellen. Ich lasse sie frei zum Tatvorwurf Stellung nehmen, ohne dass sie von mir unterbrochen werden. In den meisten Fällen streiten sie mir gegenüber die Tatbegehung anfangs kategorisch ab. Möglicherweise glauben sie, dass ein Strafverteidiger nur dann deren Interessen ausreichend vertreten kann, wenn er von deren Unschuld überzeugt ist.

Auch im vorliegenden Fall bestritt mein Mandant zu Beginn noch die Tötung seiner Ehefrau vehement. Es käme eine Vielzahl von Personen in Betracht, die die Tat verübt haben könnten. Insbesondere gäbe es eine Reihe neidischer Geschäftsleute, die seiner Frau den geschäftlichen Erfolg nicht gönnten und denen er vereinzelt durchaus auch einen Mord zutrauen würde.

Aber spätestens zum Zeitpunkt, als er mir berichtete, dass die Tat in der gemeinsam bewohnten Wohnung geschah und er das Haus am Tattag nur kurz verlassen hatte, konnte ich ihm klar machen, dass jedermann davon ausgehen würde, er sei der Täter. Auch der Umstand, dass die Polizei weder Einbruchsspuren noch Hinweise auf einen Raub feststellen konnte, ließ ihn als Täter dringend verdächtig erscheinen.

So gewann ich das Anwaltscasting.

Der Mann, der früher als Bodyguard unter anderem für das Leben von Verona Pooth, der bekannten TV-Ikone, und deren Familie verantwortlich war, vertraute mir jetzt sein weiteres Leben an.

Für einen Leibwächter war er für mein Empfinden zu klein geraten. Ich schätze ihn auf 1,75 Meter. Allerdings räumten sein muskulöser, durchtrainierter Körper und seine wachen Augen jeglichen Zweifel aus, er sei kein guter Personenschützer. Die martialischen Tätowierungen, die sich über seine Schultern bis hin zu den Unterarmen erstrecken, und sein kurz geschorenes Haar rundeten das Klischee eines durchsetzungsstarken Bodyguards ab.

Auch die Tatsache, dass er 2007 bei der Bambi-Verleihung in Düsseldorf für Leib und Leben des Kinostars Tom Cruise und seiner Frau Katie Holmes verantwortlich war, spricht für sich. Offensichtlich verstand er seine Arbeit.

Beim nächsten Mandantengespräch hatte ich von der Staatsanwaltschaft noch keine Akteneinsicht erhalten, weshalb wir uns zunächst nur über Dinge um das Tatgeschehen herum unterhalten haben. Er vermied es ganz offensichtlich, zum eigentlichen Vorwurf Stellung zu nehmen. Selbst, als ich später Einblick in die Ermittlungsakte hatte und ihm den Inhalt zugänglich gemacht habe, bezog er immer noch keine klare Haltung zum Vorwurf, seine Frau brutal getötet zu haben. Die Beweise und Indizien waren erdrückend, und nur er allein kam als Täter infrage.

Verona Pooth hatte bei Bekanntwerden seiner Verhaftung den Medien gegenüber völlig fassungslos erklärt, dass sie die Nachricht zutiefst erschüttere. Er sei stets ein sehr freundlicher und zuvorkommender Fahrer und Bodyguard gewesen. Sicherlich habe niemand damit gerechnet, dass er zu so etwas fähig sein könnte.

Aber was hat Veronas Bodyguard dazu bewegt, vom freundlichen und zuvorkommenden Leibwächter zu einem grausamen Verbrecher zu mutieren, der seinem Opfer nach der Tötung zu allem Überfluss mit einer Rosenschere die Finger abtrennte? Vor dieser abscheulichen Tat ist der Mann polizeilich nie in Erscheinung getreten. Zum Tatzeitpunkt war er 39 Jahre alt und nicht vorbestraft.

Der wahre Grund der Tötung ist in der langjährigen Drogen-, Alkohol- und Medikamentenabhängigkeit und der damit einhergehenden Depression zu finden.

Trotz der Abhängigkeit gelang meinem Mandanten ein ordentlicher beruflicher Werdegang. Nach der Erlangung der Fachoberschulreife besuchte er die höhere Handelsschule, bevor er als Wehrpflichtiger von der Bundeswehr eingezogen wurde. Im Anschluss an die Pflichtwehrzeit verpflichtete er sich freiwillig für zwölf Jahre als Zeitsoldat. Während seiner Dienstzeit legte er erfolgreich die Abschlussprüfung zum Bürokaufmann ab, und nebenbei arbeitete er in mehreren Diskotheken in Düsseldorf als Türsteher.

In den beiden letzten Jahren bei der Bundeswehr war mein Mandant zum Zwecke der Eingliederung in das zivile Berufsleben vom Militär freigestellt und ließ sich in dieser Zeit zum Personenschützer ausbilden.

Schließlich wurde er im Jahre 2007 von der Bundeswehr im Dienstrang des Oberfeldwebels entlassen. In der Folgezeit machte er sich mit verschiedenen Sicherheitsunternehmen selbstständig. In dieser Branche war er bis zu seiner Festnahme tätig.

Kurz nach seiner Entlassung aus der Bundeswehr lernte er das spätere Opfer kennen, das er zwei Jahre später heiratete. Seine Frau war zehn Jahre älter und hatte bereits eine erwachsene Tochter aus erster Ehe, die kurzzeitig auch im gemeinsamen Haushalt lebte.

Mein Mandant betrieb seit seinem 18. Lebensjahr bis zu seiner Verhaftung – nur zwei Stunden nach der Tötung – erheblichen Missbrauch von Betäubungsmitteln und Alkohol. Die Rauschmittel nahm er nicht konstant zu sich; vielmehr wechselten sich Phasen der Abstinenz mit solchen des Konsums ab. Zunächst konsumierte er schwerpunktmäßig nur an den Wochenenden. Anfangs experimentierte er lediglich auf Partys mit Ecstasy und anderen Amphetaminprodukten. Allerdings wurden die Phasen der Abstinenz immer kürzer und die des Konsums immer länger.

Zum Amphetamin kamen Kokain und Alkohol hinzu. Auch beim Alkohol erfolgte eine stetige Steigerung. Anfangs konnte sich mein Mandant noch mit Bier berauschen, aber später musste er dann auf Wein und schließlich sogar auf Wodka umsteigen, um die Gier und das Verlangen nach dem Alkoholrausch überhaupt noch stillen zu können.

Trotz des Alkohol- und Drogenmissbrauchs betrieb mein Mandant regelmäßig Kampf- und Kraftsport, um seine Tätigkeit als Personenschützer und Türsteher professionell ausüben zu können – er trainierte nahezu täglich. Um optisch den Erwartungen an einen Bodyguard gerecht zu werden, kam auch noch die Einnahme von muskelaufbauenden Testosteronpräparaten hinzu.

Seiner Ehefrau konnte er seine Suchtproblematik zunächst verheimlichen. Doch bereits einige Monate nach der Hochzeit folgten zu Hause ein körperlicher Zusammenbruch und ein damit einhergehender stationärer Krankenhausaufenthalt.

Die gefährliche Mischung aus Drogen, Alkohol und Steroiden führte zwangsläufig zu mehrere Monate andauernden stationären Krankenhausaufenthalten. Doch auch die zahlreichen Klinikaufenthalte konnten seine Sucht nicht dauerhaft heilen. Zwar war mein Mandant nach den Entlassungen zunächst mehrere Wochen abstinent, darauf folgten jedoch immer wieder Rückfälle mit weiteren, sich anschließenden stationären Klinikaufenthalten.

Im Rahmen dieser Krankenhausaufenthalte wurde er mit verschiedenen Medikamenten behandelt. Es wurden unter anderem starke Psychopharmaka verabreicht, um die innere Unruhe und die damit einhergehenden Schlafstörungen therapieren zu können. Er rutschte so in eine weitere Abhängigkeit – nun wurde er auch noch medikamentenabhängig.

Insbesondere verlangte sein Körper täglich nach dem Medikament Lorazepam, einem starken Beruhigungsmittel aus der Gruppe der Benzodiazepine. Es handelt sich bei Lorazepam um ein angstlösendes, muskelentspannendes und sedierendes Psychopharmakon. Ohne die abendliche Einnahme des verschreibungspflichtigen Beruhigungsmittels konnte mein Mandant nicht in den Schlaf finden. Deshalb ließ er sich in den Phasen, in denen er nicht stationär behandelt wurde, von mehreren Ärzten gleichzeitig das Präparat verschreiben. Dass er tatsächlich krank war, stand zweifelsfrei fest, sodass er problemlos die Rezepte erhielt.

Zwischen meinem Mandanten und seiner Ehefrau kam es in den letzten Jahren immer häufiger zu Streitigkeiten. Grund hierfür war die Sucht meines Mandanten, die der Ehefrau große Sorgen bereitete. Zum einen sorgte sie sich um seine Gesundheit. Zum anderen fürchtete sie aber auch, dass er aufgrund seines Konsumverhaltens nicht mehr in der Lage sein würde, die Unternehmen ordnungsgemäß zu führen, und dass damit finanzielle Probleme einhergehen könnten. Deshalb machte sie ihrem Mann bei verschiedenen Gelegenheiten – letztlich auch begründete – Vorwürfe.

Zum anderen stritten die Eheleute auch über ihre Funktion in „seinen“ Unternehmen, deren Inhaberin sie zwar war, die aber tatsächlich von ihm geleitet wurden. Mein Mandant hatte vor der Eheschließung mehrere Sicherheitsfirmen gegründet, die verschiedene Bereiche aus dem Sicherheitsgewerbe abdeckten: Vom Personen- über den Objektschutz bis hin zur Vermittlung von Türstehern in Diskotheken erstreckte sich der Tätigkeitsbereich.

Wegen einer kurz nach der Eheschließung eingetretenen Privatinsolvenz war mein Mandant rechtlich nicht mehr in der Lage, die Unternehmen unter seinem eigenen Namen zu führen, weshalb er seine Frau als Inhaberin eintragen ließ. Als Geschäftsführerin wollte sie allerdings auch über sämtliche Geschäftsabläufe unterrichtet werden. Sie ließ sich nicht einfach bloß als Strohfrau von ihrem Mann in dessen Geschäfte einspannen, ohne ein echtes Mitspracherecht zu beanspruchen, weshalb es immer wieder zu Auseinandersetzungen kam. Außerdem warf sie ihrem Mann vor, dass er zu viel Geld für unnötige Dinge, wie beispielsweise teure Firmenwagen, ausgebe.

Wenn die beiden jedoch mal nicht miteinander stritten, gaben die das perfekte Paar. Im Gerichtsverfahren wurden viele Zeugen vernommen, die allesamt von einer unproblematischen Ehe berichteten.

Am 23. August 2015, einem Sonntag, kam es im Anschluss an ein gemeinsames Frühstück in der ehelichen Wohnung in Düsseldorf mal wieder zu einem Streit – es sollte der letzte sein.

Das Frühstück verlief noch ruhig und harmonisch. In der Hauptverhandlung sagte ein Nachbar als Zeuge aus, der von seinem Balkon direkten Einblick auf denjenigen der beiden hatte. Auch er gab an, dass das morgendliche Miteinander seiner Nachbarn sehr harmonisch und liebevoll wirkte. Es sei ein ganz normaler Sonntagmorgen ohne Besonderheiten gewesen.

Nach dem gemeinsamen Abräumen des Frühstückstisches kam es in der Küche zum Streit. Die Frau meines Mandanten beklagte sich zum wiederholten Male über dessen Drogen-, Alkohol- und Medikamentenmissbrauch und warf ihm nochmals vor, sie nicht ausreichend in unternehmerische Entscheidungen einzubinden.

Meinem Mandanten, der keine Lust auf Diskussionen hatte, kam im Verlauf des Streitgesprächs spontan der

Gedanke, seiner Frau das Beruhigungsmittel Lorazepam – dessen Wirkung ihm aufgrund seiner Medikamentenabhängigkeit bestens bekannt war – zu verabreichen. Er wollte sie ruhigstellen. Er hoffte, dass sie nach der Einnahme des Medikaments einschlafen und er in den kommenden Stunden nicht mit weiteren Vorhaltungen konfrontiert werden würde.

Also zerdrückte er mehrere Tabletten mit insgesamt 15 Milligramm Lorazepam und mischte seiner ahnungslosen Frau das extrem hoch dosierte Beruhigungsmittel unbemerkt in eine Tasse Kaffee. Nachdem sie den Kaffee getrunken hatte, legte sie sich auf das im Wohnzimmer befindliche Sofa und schlief tatsächlich gegen 12:00 Uhr ein. Damit war das Streitgespräch zunächst beendet, und er hatte seine Ruhe.

Die aus ihrer ersten Ehe stammende Tochter hatte im Verlauf des Tages mehrfach vergeblich versucht, ihre Mutter telefonisch zu erreichen. Daher rief sie meinen Mandanten an, um sich nach ihr zu erkundigen. Es erschien ihr ungewöhnlich, dass sie sich trotz der vielen Anrufversuche nicht zurückmeldete. Mutter und Tochter hatten ein inniges Verhältnis, und sie hielten den täglichen Kontakt – entweder per Telefon oder zumindest per SMS – aufrecht.

In diesem Telefonat gaukelte mein Mandant der jungen Frau vor, dass es ihrer Mutter nicht gut ginge und sie sich deshalb schlafen gelegt habe. Als die Tochter äußerte, kurzfristig 50 Euro zu benötigen, entgegnete er, dass er ihr das Geld leihen könne, da er nicht wisse, wie lange die Mutter noch schlafen würde. Gegen 14:30 Uhr nahm sie das Geld an der Wohnungstür entgegen. Zu einem Kontakt zwischen Mutter und Tochter kam es bei dieser Gelegenheit nicht.

In der Hauptverhandlung sagte die Tochter aus, bei der Geldübergabe durch die geöffnete Wohnungstür auf dem Sofa unter einer Leopardendecke einen regungslosen Körper liegen gesehen zu haben. Aufgrund der Angaben ihres Stiefvaters ging sie davon aus, dass ihre Mutter tatsächlich krankheitsbedingt im Wohnzimmer schlafen würde. Da der Stiefvater die Wohnungstür nur einen schmalen Spalt weit geöffnet habe, habe sie auch nur einen flüchtigen Blick an ihm vorbei in das sich unmittelbar hinter der Wohnungstür befindliche Wohnzimmer werfen können.

Im Verlauf des Nachmittags und Abends trank mein Mandant Alkohol und nahm Amphetamin und Ecstasy ein, wobei das Gericht keine konkreten Feststellungen zur Menge und dem genauen Zeitpunkt des Konsums treffen konnte. Im Gericht sagte er dazu aus, schon kurz nach dem Einschlafen seiner Frau mit dem Verzehr von Weißwein begonnen zu haben.

Gegen 15:30 Uhr habe er versucht, seine Frau zu wecken. Sie wachte jedoch nur für einen kurzen Moment auf und schlief wieder völlig benebelt ein.

Einige Zeit später erwachte sie erneut und warf ihm vor, für ihre enorme Müdigkeit verantwortlich zu sein und ihr Schlafmittel verabreicht zu haben. Zudem machte sie ihm erneut Vorwürfe wegen seines Alkohol-, Drogen- und Medikamentenmissbrauchs. Im Verlauf des immer heftiger werdenden Streitgesprächs gab sie ihm eine Ohrfeige. Daraufhin fasste mein Mandant ihr von vorn mit beiden Händen an den Hals und drückte ihr mit einem Griff, der ihm aus dem Kampfsport bekannt war, die Halsschlagadern zu, bis sie das Bewusstsein verlor und zu Boden ging.

Als er dann kniend über seiner bewusstlosen Frau hockte, fielen ihm plötzlich einige Kabelbinder auf dem Wohnzimmertisch ins Auge. Laut Anklageschrift soll mein Mandant die Kabelbinder zwei Tage vor der Tat nur deshalb gekauft haben, um seinen Mordplan umsetzen zu können. In der Anklageschrift wurde ausgeführt, dass der Angeklagte bereits seit Längerem den Plan gefasst habe, seine Frau zu töten. Auf den ersten Blick musste man tatsächlich davon ausgehen, dass die Kabelbinder nur zum Zweck der Tötung beschafft wurden. Die Tatsache, dass mein Mandant diese nur zwei Tage zuvor erworben hatte, stellte mich als sein Verteidiger vor große Probleme.

Allerdings konnte ich im Gericht schließlich beweisen, dass er kurz vor der Tat unterschiedliche Kabelbinder in verschiedenen Größen erworben hatte. Sollte der Erwerb tatsächlich ausschließlich wegen der geplanten Tötung erfolgt sein, würde es keinen Sinn machen, verschiedene Größen zu kaufen. Dann wäre lediglich der Kauf der großen Kabelbinder zu erwarten gewesen.

In der Hauptverhandlung konnte ich auch nachweisen, dass verschiedene Kabelbinder bereits vor der Tat von meinem Mandanten verbaut wurden. Einige Plastiklaschen wurden auch im Wohnzimmer zur Fixierung von Kabeln der Musikanlage verwendet.

Außerdem hatte er noch einen Kabelkanal gekauft, den er unter Zuhilfenahme der Kabelbinder im Schlafzimmer schon montiert hatte. Er hatte nämlich vorgehabt, sämtliche Kabel aus den Hi-Fi-, TV- und anderen technischen Anlagen in der gesamten Wohnung ordentlich mit Kabelbindern zusammenzubinden und in Kabelschächten zu verstauen.

Damit war das Indiz, dass der Kauf der Kabelbinder ausschließlich der Vorbereitung der geplanten Ermordung diente, eindrucksvoll widerlegt.

Die Ermittler fanden zudem heraus, dass sich mein Mandant über den Laptop seiner Frau nur einen Tag vor der Tat bei Google unter den Schlagworten „Lorazepam, Darreichungsformen“ informiert hatte. Auch dieses Indiz sprach natürlich zunächst gegen meinen Mandanten. Es drängte sich der Verdacht auf, er habe sich im Internet schlau gemacht, wie er seiner Frau unbemerkt das Medikament verabreichen konnte. Zu Beginn der Ermittlungen hatten die Kriminalbeamten noch keinen Zugriff auf den durch Passwort und Fingerabdruck der Getöteten gesicherten Computer. Meinem Mandanten war das Passwort zwar bekannt, jedoch verriet er es trotz mehrfacher Nachfrage der Polizei nicht. Er musste nämlich befürchten, dass ihn die Suchhistorie als Mörder überführen könnte. Deshalb versuchten die Gerichtsmediziner, mit den abgeschnittenen Fingern im Obduktionssaal den Zugang zum Laptop zu ermöglichen. Es stellte sich allerdings heraus, dass eine Legitimierung per Fingerabdruck offensichtlich nur mit lebendigen Fingern funktioniert. Doch auch ohne den Fingerabdruck der Frau gelang es den Mitarbeitern aus der Kriminaltechnischen Abteilung schließlich, das Passwort zu entschlüsseln und die verdächtige Google-Suche als Beweis zu sichern.

Aber auch dieses starke Indiz konnte ich im Gericht entkräften. Ich konnte darstellen, dass mein Mandant sich wegen des jahrelang anhaltenden Medikamentenmissbrauchs über andere Einnahmemöglichkeiten informierte als die gewohnte orale Einnahme. Als Bodybuilder war es für ihn normal, sich Steroide zu spritzen, und er dachte darüber nach, auch andere Substanzen auf diesem Weg zu konsumieren.

Erst in dem Moment, als mein Mandant vor seiner bewusstlosen Frau kniete und die Kabelbinder sah, entschloss er sich spontan, seine Frau zu töten. Deshalb schob er drei der jeweils 36 Zentimeter langen Kabelbinder so ineinander, dass sie eine große Schlinge bildeten. Diese Schlinge legte er um ihren Hals, griff mit einer Hand in die Lasche hinein und verdrehte sie so, dass sie die Kehle seiner Ehefrau zuschnürte. Auf diese Weise drosselte er seine Frau eine Zeit lang, bis er sicher war, dass ihr Tod eingetreten war. Eine Gegenwehr war ihr wegen der anhaltenden Bewusstlosigkeit nicht möglich gewesen.

Unmittelbar danach trug mein Mandant seine Frau in das Badezimmer und legte sie in die Badewanne. Dann zog er sich Einweghandschuhe an, die er aus der Küche holte und entkleidete den leblosen Körper. Dabei zerriss er ihr Trägertop, ihre Shorts und ihre Unterhose. Jetzt entfernte er ihr Bauchnabelpiercing.

Nun ging er noch einmal in die Küche und holte ein großes, spitzes und scharfes Fleischermesser. Damit versetzte er seiner auf dem Rücken liegenden Frau zehn tiefe Stichverletzungen. Er stach ihr siebenmal in den Bauch und dreimal in die Brust. Nun begab er sich ein weiteres Mal in die Küche und holte eine Rosenschere. Damit trennte er ihr sämtliche Finger – mit Ausnahme der Daumen – ab.

Das Küchenmesser, die Rosenschere und auch die abgetrennten Finger ließ mein Mandant in der Badewanne zurück. Die zerrissene Kleidung, die verwendeten Kabelbinder, das Bauchnabelpiercing sowie die Einweghandschuhe packte er in eine Plastiktüte und warf diese in einem vor dem Haus stehenden Müllcontainer. Die Polizei fand die Tüte noch in der Tatnacht in der Mülltonne und stellte diese sicher.

Anschließend fuhr mein Mandant gegen 21:50 Uhr mit einem Taxi zu einem Bekannten nach Langenfeld, einem knapp 20 Kilometer von Düsseldorf entfernten Ort, um dort Amphetamine zu kaufen. Dem Drogendealer gegenüber, den mein Mandant über die Tochter seiner Frau kennengelernt hatte, deutete er an, seiner

Ehefrau Schlafmittel verabreicht zu haben, weshalb sie schon seit Stunden tief und fest schlafe.

Als mein Mandant dann gegen 23:00 Uhr mit einem Taxi zurück zu seiner Wohnung fuhr, rief der Dealer sofort die Tochter der Getöteten an. Der Dealer, der in der Hauptverhandlung als Zeuge vernommen wurde, berichtete von einem komischen Gefühl, das ihn aufgrund der Schilderungen meines Mandanten beschlich. Er spürte, dass etwas nicht stimmte.

Die Tochter versuchte daher wieder vergeblich, ihre Mutter telefonisch zu erreichen, und machte sich voller Sorge auf den Weg zu deren Wohnung.

Sie erreichte die Wohnung noch vor ihrem Stiefvater, wo sie ihre Mutter tot in der Badewanne vorfand. Völlig schockiert alarmierte sie die Polizei, die meinen Mandanten vor dem Haus noch im Taxi widerstandslos festnehmen konnte.

In der Hauptverhandlung wurde ein polizeilicher Vermerk verlesen. Demnach soll mein Mandant den Polizeibeamten gegenüber unmittelbar nach seiner

Verhaftung geäußert haben, dass er kurz nach dem Drosselungsvorgang den Entschluss gefasst habe, den Leichnam seiner Frau zu zerstückeln und im Wald oder am Rhein zu verscharren. Diesem Zweck soll das Versetzen der Messerstiche gedient haben. Er wollte so das Blut aus dem Leichnam austreten lassen, damit sich dessen Gewicht reduzierte. Das Abtrennen der Finger sollte dagegen eine spätere Identifizierung der Leiche anhand von Fingerabdrücken erschweren. Doch diese Erklärung lief absolut ins Leere. Jeder weiß, dass eine Identifikation auch anhand der Daumenabdrücke erfolgen kann. Außerdem ist eine Identifizierung auch anhand von DNA oder Zähnen möglich.

Von dem Vorhaben, die Leiche zu zerstückeln und zu verscharren, habe mein Mandant laut dem polizeilichen Vermerk jedoch Abstand genommen. Er habe erkannt, dass er die Getötete nicht unbemerkt aus dem Mehrfamilienhaus hätte abtransportieren können.

Warum mein Mandant seiner toten Frau postmortal noch zehn tiefe Stichverletzungen in den Oberkörper zufügte, habe ich nie erfahren. Eine Erklärung habe ich auch nie von meinem Mandanten gefordert. Eine mögliche Begründung für das Schänden der Leiche war nur eines der Themen, die er beharrlich in unseren Gesprächen ausließ.

Auch auf meine Frage, warum die Polizei in der Waschmaschine eine frisch gewaschene und noch feuchte Leopardendecke gefunden habe, bekam ich keine Antwort. Wenn sich die Tat exakt so abspielt haben soll, wie vom Landgericht festgestellt worden ist, wäre es absolut sinnlos gewesen, die Decke zu waschen, um diese – wovon auch immer – zu reinigen. Wollte mein Mandant dadurch etwa ein belastendes Beweismittel vernichten, das seine Version des Tatherganges möglicherweise widerlegen würde?

Nach sechs Hauptverhandlungstagen hat das Landgericht Düsseldorf am 31. März 2016 meinen Mandanten „nur“ wegen Totschlages zu einer Freiheitsstrafe von 13 Jahren verurteilt.

In der Anklageschrift wurde die Tötungshandlung noch als Mord gewertet, wobei das Mordmerkmal „Heimtücke“ verwirklicht worden sein soll. Laut der

Anklage soll das ahnungslose Opfer zunächst mit dem Beruhigungsmittel Lorazepam in den Schlaf versetzt und in diesem Zustand der Arg- und Wehrlosigkeit mit den Kabelbindern gedrosselt worden sein, bis der Tod eintrat. Damit hätte aus juristischer Sicht die eigentliche Tötungshandlung mit dem Verabreichen des Medikaments begonnen, was als Mord zu qualifizieren gewesen wäre.

Das Landgericht hat die Tötung nach der Beweisaufnahme allerdings nicht als Mord, sondern nur noch als Totschlag qualifiziert. Bei der Sachverhaltsfeststellung haben sich die Richter vollumfänglich auf die von mir zu Beginn der Verhandlung verlesene Verteidigererklärung gestützt. Am ersten Hauptverhandlungstag verlas ich für meinen Mandanten eine siebenseitige schriftliche Erklärung, wonach die Verabreichung des Medikaments ausschließlich deshalb erfolgt sei, damit seine streitsüchtige Frau endlich ruhig sei. Zu diesem Zeitpunkt hatte er den Tod seiner Frau noch nicht geplant und auch nicht gewollt. Erst, als seine Frau bereits bewusstlos war, hat er sich dazu hinreißen lassen, sie zu erdrosseln. Der Tötungsvorsatz ist spontan und ohne vorherige Planung erfolgt.

Das Gericht hat das „Totschlag-Geständnis“ meines Mandanten durch Vernehmungen von Zeugen und medizinischen Sachverständigen auf Plausibilität und Schlüssigkeit überprüft und als nicht widerlegt angesehen.

Die verlesene Erklärung konnte – auch nach Anhörung zweier medizinischer Sachverständiger und einer Vielzahl von Zeugen – nicht widerlegt werden, weshalb es letztendlich zu der milderen Verurteilung wegen Totschlages kam. In der mehrtägigen Hauptverhandlung konnte nicht sicher festgestellt werden, ob mein Mandant bereits mit Tötungsvorsatz handelte, als er seine Frau mit beiden Händen bis zur Bewusstlosigkeit würgte. Ebenso ließ sich nicht feststellen, ob mein Mandant seine Ehefrau schon zu dem Zeitpunkt töten wollte, als er ihr das Beruhigungsmittel Lorazepam verabreichte.

Anders als das Gericht hielt der Staatsanwalt auch noch bis zum Ende der Verhandlung am Mordmerkmal fest und beantragte deshalb, meinen Mandanten zu einer lebenslangen Haftstrafe zu verurteilen.

Im Übrigen ist in dem gesamten Strafverfahren eine wesentliche Tatsache völlig unbeachtet geblieben: Ganz offensichtlich hat mein Mandant die Enden der drei zusammengesteckten Kabelbinder fein säuberlich und akkurat nahe am Verschluss abgeschnitten. Kabelbinder laufen am Ende spitz zu, damit diese besser in den Verschluss eingeführt werden können. Seltsamerweise wurden diese Spitzen nach dem Zusammenstecken – vielleicht aus ästhetischen Gründen – entfernt. Eine andere Erklärung habe ich dafür nicht.

Überraschenderweise wurden die drei abgeschnittenen Enden von den Beamten der Spurensuche weder im Wohnzimmer noch im Müllsack in dem Müllcontainer vor dem Haus gefunden. Möglicherweise wurden die Kabelbinder schon viel früher zusammengesteckt und die Enden abgeschnitten. Wäre dieser Umstand mehr in den Fokus der Ermittlungen geraten, dann wären wir unter erheblichen Erklärungsdruck geraten. Wahrscheinlich wäre dann sogar eine Verurteilung wegen Mordes erfolgt.

Im schriftlichen Urteil ist der Familienstand meines Mandanten mit „verwitwet“ angegeben.

6. JUNGES UNGLÜCK

Meine Mandantin habe ich leider nie kennengelernt – sie wurde von ihrem Freund brutal erdrosselt.

Mit ihrem langen schwarzen Haar und ihrem zierlichen Körper muss sie sehr schön gewesen sein. Sie war nur 1,58 Meter groß, sportlich schlank und trug Schuhgröße 36. Ihre schneeweißen Zähne waren makellos und ihre Lippen sinnlich. Sie durfte nur 18 Jahre alt werden.

Ich kannte die junge Frau nur von Fotos. Eines zeigte mir ihr Vater bei einem unserer vielen Gespräche. Einmal trafen wir uns in einem Park direkt vor dem Landgericht in Krefeld. Während des Spaziergangs blieb er abrupt stehen und hielt mir weinend mit zitternder Hand ein Foto seiner Tochter vor – offensichtlich ein Urlaubsfoto. Das Mädchen stand an einer Strandhütte vor türkisblauem Meer. Ihre Haare wehten kraftvoll im Wind, und sie lachte voller Lebensfreunde.

Die anderen Fotos stammten aus dem Autopsiebericht der Gerichtsmedizin.

Ihren Freund sah ich zum ersten Mal im Schwurgerichtssaal des Landgerichts Krefeld. Auch er war überaus gut aussehend. Er hatte eine athletische Figur und trug sein schulterlanges schwarzes Haar streng nach hinten gegelt. Mit seinen knapp zwei Metern muss er fast zwei Köpfe größer als seine Freundin gewesen sein. Er erinnerte mich an einen echten südamerikanischen Frauenschwarm, dem die Frauen reihenweise zu Füßen liegen.

Während der sechstägigen Verhandlung trug er stets ein weißes, gestärktes und gebügeltes Hemd, eine dunkle Anzughose und schwarze, ordentlich geputzte Businessschuhe. Dadurch vermittelte er trotz seines jungen Alters einen seriösen und erwachsenen Eindruck. Wenn er redete, blickte er oft nach unten. Offensichtlich war er nicht in der Lage, seinen Gesprächspartnern länger in die Augen zu schauen. Er ließ seinen Blick nur selten durch den Gerichtssaal schweifen.

Ohne erkennbare Regungen nahm der Angeklagte an seinem Gerichtsverfahren teil. Er saß dabei stets kerzengerade auf seinem Stuhl und bewegte sich kaum. Seine Hände lagen meistens zusammengefaltet mittig auf dem Tisch.

Der Angeklagte hatte sich schon kurz nach der Tat der Polizei gestellt und wurde in Untersuchungshaft genommen. Er kannte niemanden, bei dem er sich hätte verstecken können. Nach der Tat irrte er ziellos durch die Krefelder Innenstadt und stellte sich nach nur wenigen Stunden schließlich im Polizeipräsidium. Zu diesem Zeitpunkt war die Tat noch unentdeckt. Der Notarzt, der umgehend mit der Polizei in die Wohnung fuhr, konnte nur noch den Tod des Mädchens feststellen.

Ich erlangte durch den Vater der Getöteten Kenntnis von dieser Tat. Er bat mich, die Nebenklage zu vertreten.

Unter besonderen Voraussetzungen kann das Opfer einer Straftat in einem Gerichtsverfahren einen Rechtsanwalt mit der Wahrnehmung seiner Rechte im

Wege der sogenannten Nebenklage beauftragen. Der Anwalt tritt dann neben dem Staatsanwalt als eine Art zweiter Staatsanwalt auf. Er hat damit dieselben Rechte wie der Vertreter der Staatsanwaltschaft: Er kann also Zeugen befragen, Beweisanträge stellen und in seinem Plädoyer eine Strafe für den Angeklagten beantragen.

Durch die gerichtliche Zulassung eines Nebenklagevertreters wird dem Opfer allerdings nur das subjektive Gefühl vermittelt, dass die Opferinteressen besonders gut im Strafverfahren vertreten werden. Ich bin der Meinung, dass die Nebenklage absolut überflüssig ist, weil die Staatsanwaltschaft grundsätzlich ihren staatsrechtlichen und strafrechtlichen Verfolgungsauftrag ausreichend nachkommt. Nicht umsonst wird die Staatsanwaltschaft als die neutralste Behörde der Welt bezeichnet.

Grundsätzlich stehe ich als Strafverteidiger mit vollem Engagement und Einsatz auf der Seite des vermeintlich Bösen. Ich vertrete mit absoluter Hingabe die Interessen der Täter und muss dabei logischerweise die teilweise erschütternden Schicksale der Opfer ausblenden, um meinem Beruf professionell nachgehen zu können.

In meiner bisherigen Laufbahn habe ich neben dem hier beschriebenen Fall nur noch ein weiteres Mal die Nebenklage vertreten. Damals wurde ein sechs Monate altes Mädchen von seinem Vater erstochen. Er rammte dem Baby ein 30 Zentimeter langes Messer in den Bauch, das an seinem Rücken wieder austrat. Der Vater wollte seiner Tochter durch den „Gnadentod" das weitere Verweilen in dieser „schlimmen Welt" ersparen. Diesen Plan entwickelte er, als er in Mekka – dem heiligsten Ort des Islams – um die Kaaba zog. Eine Woche nach seiner Rückkehr nach Deutschland spießte er dann seine Tochter auf. Es fiel mir damals sehr schwer, der Mutter des getöteten Babys zu vermitteln, dass ihr Mann dem Mädchen das Leben nicht aus Hass, sondern aus Liebe nahm.

Vor dem Landgericht Krefeld vertrat ich nun die Belange der getöteten jungen Frau – stellvertretend durch das Mandat ihres Vaters. Bei der ermordeten Tochter handelte es sich um das einzige Kind der getrennt lebenden Eltern. Die Mutter lernte ich nie kennen. Den mit der Situation völlig überforderten Vater lernte ich dagegen in vielen intensiven Gesprächen besser kennen. Er berichtete vom unvorstellbaren Schmerz, den er nicht auszuhalten glaubte. In seiner unendlichen Trauer entwickelte er sogar Selbstmordgedanken. Auf mein Anraten hin ließ er sich von einem mir bekannten Psychologen helfen.

Zum ersten Mal in meiner Laufbahn als Strafverteidiger konnte ich plötzlich nachvollziehen, was meine Mandanten tagtäglich ihren Opfern und Familien antun. Diesen Aspekt hatte ich bisher stets – bewusst oder unbewusst – ausgeblendet. Etwaiges Mitgefühl könnte möglicherweise mein Handeln als Verteidiger beeinflussen. Ich wäre der Gefahr ausgesetzt, dass ich anstelle der Interessen meiner Auftraggeber plötzlich die der Opfer vertrete.

Überraschend für mich war, dass der Vater absolut keine Hassgefühle oder Abneigung gegenüber dem Mörder seiner Tochter empfand. Das hatte mich sehr gewundert, weil sie für ihn doch sein Lebensmittelpunkt war, wie er mir immer wieder unter Tränen beteuerte. Möglicherweise hatte der Vater zum Zeitpunkt des Gerichtsverfahrens den echten Verlust noch gar nicht richtig erkannt, geschweige denn verarbeitet, denn die Arbeit mit dem Psychologen stand ja erst am Anfang.

Monate nach Abschluss des Verfahrens hatte ich noch einmal Kontakt zu ihm, da mir die Staatsanwaltschaft die seinerzeit sichergestellten persönlichen Gegenstände seiner Tochter herausgegeben hatte. Erst jetzt hatte ich den Eindruck gewonnen, dass der Mann die Tragweite des schrecklichen Verlustes schmerzlich verstanden hatte. Er war immer noch völlig überfordert.

In diesem Moment wurde mir bewusst, dass der Mörder seiner Tochter ganz ähnlich gefühlt haben muss. Auch der Täter war mit seinem Leben völlig überfordert gewesen, weshalb es überhaupt zur Tat gekommen ist.

Zum Tatzeitpunkt war der junge Mann erst 24 Jahre alt. Er wurde 1985 in Salvador in Brasilien geboren. Im Alter von zehn Wochen wurde er von einem deutschen Ärzteehepaar adoptiert und nach Deutschland gebracht. Seine Kindheit verbrachte er in einer idyllischen Kleinstadt nahe Koblenz.

Seine Kindergarten- und Schulzeit verlief zunächst problemlos. Mit zwölf Jahren verlor er jedoch schlagartig jegliches Interesse an der Schule. Er wurde zunehmend unaufmerksamer, und seine Noten verschlechterten sich drastisch. Er weigerte sich, die Hausaufgaben zu machen, und schwänzte zum Ende hin fast täglich den Schulunterricht.

Wegen dieser auffälligen Wesensveränderung ließen die besorgten Eltern ihren Adoptivsohn psychiatrisch untersuchen und sogar für einige Monate in der Jugendpsychiatrie in Bad Neuenahr unterbringen. Dort wurde bei ihm dann ADHS, also eine Aufmerksamkeits-Defizit-Hyperaktivitäts-Störung, festgestellt.

Nachdem der Grund seiner Schulablehnung gefunden war und medikamentös behandelt werden konnte, stabilisierten sich die Schulnoten wieder. Schließlich beendete der junge Mann seine Schullaufbahn mit der mittleren Reife.

Eine anschließende Ausbildung zum Kfz-Mechaniker musste er 2004 aus gesundheitlichen Gründen, die allerdings nicht im Zusammenhang mit dem ADHS-Syndrom standen, abbrechen. In der Folgezeit war er arbeitslos und auf die finanzielle Unterstützung seiner Adoptiveltern angewiesen.

Nach Abbruch der Lehre ging er zunächst eine enge, intime Beziehung zu einer ebenfalls aus Brasilien stammenden und auch von einem deutschen Ehepaar adoptierten jungen Frau ein. Diese Frau wurde im Gerichtsverfahren auch als Zeugin vernommen. Sie sollte den Prozessbeteiligten die Persönlichkeit des Angeklagten näherbringen.

Sie wusste Erschreckendes über ihren Ex-Freund zu berichten. Nur kurze Zeit nach dem Kennenlernen habe man eine kleine gemeinsame Wohnung bezogen. Bereits am Tag des Einzuges sei es zu einem handfesten Übergriff gekommen. Es sei ihm nicht schnell genug gegangen, wie sie die Umzugskartons ausräumte, weshalb er ihr mehrere Ohrfeigen versetzt haben soll.

In der Folgezeit sei es dann wiederholt zu körperlichen Übergriffen gekommen. Er habe sie mehrfach geschlagen und auch gewürgt. Bei einer dieser Würgeattacken sei sie tatsächlich davon ausgegangen, diesen Angriff des ihr körperlich überlegenen Freundes nicht zu überleben. Anlässlich dieser Übergriffe habe sich die Zeugin schließlich von ihm getrennt. In ihrer gerichtlichen Vernehmung wies sie mehrfach unter Tränen darauf hin, dass sie täglich Gott dafür danke, die gemeinsame Zeit mit dem Angeklagten überlebt zu haben.

Nach dieser Episode lebte er zunächst wieder im Haus seiner Adoptiveltern, bis er aufgrund erheblicher Spannungen ausziehen musste. Ein Zusammenleben der Familie unter einem Dach war aufgrund seines aufmüpfigen und frechen Verhaltens unmöglich und er für seine Eltern unerreichbar geworden. Die erzieherischen Sanktionen führten zu keinem Umdenken, weshalb der Rausschmiss unabwendbar war. Bis zu diesem Zeitpunkt unterstützten ihn seine Adoptiveltern trotz der ständigen Enttäuschungen voller Liebe und Hingabe.

Der junge Mann zog aus dem idyllischen Elternhaus in eine Obdachlosenunterkunft in Koblenz; hier traf er 2009 auf die später Getötete.

Die junge Frau fand in dieser Sozialeinrichtung nach einem langen, beschwerlichen Weg endlich eine Art Zuhause. Sie verlebte zunächst ihre Kindheit im elterlichen Haushalt im Westerwald. Ihre Mutter ist Deutsche, ihr Vater kam Ende der 1960er-Jahre als türkischer Gastarbeiter nach Deutschland. Als sich die Eltern 2006 trennten und die Kindesmutter nach Krefeld zog, blieb sie zunächst bei ihrem Vater.

Seit Beginn der Pubertät zeigten sich bei ihr psychische Auffälligkeiten. Einerseits litt sie an Depressionen, andererseits neigte sie zu aggressivem Verhalten. Es wurde das Borderline-Syndrom diagnostiziert.

Darüber hinaus litt die Jugendliche sehr unter der Trennung ihrer Eltern. Es kam zu heftigen Streitigkeiten zwischen Vater und Tochter. Als die neue Frau ihres Vaters dann in die gemeinsame Wohnung einzog, eskalierten die Streitigkeiten. Das junge Mädchen wollte die neue Lebensgefährtin an der Seite ihres Vaters nicht akzeptieren – sie wollte den geliebten Vater mit niemandem teilen müssen.

Das hilflose Mädchen zog schließlich zu seiner Mutter nach Krefeld. Aber auch hier kam es alsbald zu Problemen, sodass sie nach nur wenigen Monaten zu ihrem Vater zurückkehren musste. Dort wurden die alten Streitigkeiten allerdings nahtlos fortgeführt, was schließlich mit dem endgültigen Rauswurf der Tochter aus der Wohnung endete. Von dort aus führte sie ihr Schicksal direkt in die Obdachlosenunterkunft in Koblenz – und somit später auch zu ihrem gewaltsamen Tod.

Der Täter wohnte bereits schon eine längere Zeit in der Unterkunft, als die junge Frau dort einzog.

Am Tag ihres Einzuges lernten sie sich kennen. Er zeigte ihr die Räumlichkeiten und erklärte ihr die Hausordnung. Nach nur wenigen Tagen kam es zum ersten intimen Kontakt. Von nun an waren beide unzertrennlich. Sie waren froh und erleichtert, endlich eine Zukunftsperspektive gefunden zu haben. Das junge Paar träumte von einem gemeinsamen glücklichen Leben. Nach wenigen Monaten beschlossen sie, gemeinsam nach Krefeld zu ziehen. Krefeld schien für beide der perfekte Ort für einen Neuanfang zu sein. Zum einen lebte dort die Mutter der jungen Frau, und zum anderen wollten sie Koblenz und die schäbige Wohnunterkunft möglichst weit hinter sich lassen.

Es dauerte nicht lange, und man fand eine geeignete Wohnung in der Krefelder Innenstadt. Der Mietvertrag wurde bald unterschieben, und das Sozialamt bewilligte die Sozialleistungen für die kleine Bedarfsgemeinschaft. Dem jungen Glück schien nichts mehr im Wege zu stehen.

Am Abend vor dem geplanten Umzug kam es jedoch zum Eklat. Sie gestand ihm, ihn mit seinem besten Freund betrogen zu haben. Sie lernte diesen Freund bei einem Besuch im Obdachlosenheim kennen. Er kam mehrfach in die Unterkunft, um seinen Freund zu unterstützen. Bei einem dieser Besuche kamen sich die junge Frau und der Mann näher. Es entwickelte sich eine Affäre, die sich über mehrere Wochen hinzog und sich ausschließlich auf Sex beschränkte.

Nachdem sie ihrem Freund von dieser Beziehung in aller Ausführlichkeit berichtet hatte, brach für ihn eine Welt zusammen. Er wollte doch den Rest seines Lebens mit seiner großen Liebe verbringen, die – wie er – bisher kein erfülltes Leben führen konnte. Man hatte sich doch innig versprochen, endlich eine echte Familie zu gründen.

Eifersüchtig und enttäuscht litt er sodann an Suizidgedanken. In seiner Not begab er sich freiwillig in die psychiatrische Rhein-Mosel-Fachklinik in Andernach. Der Umzug nach Krefeld hatte sich somit erübrigt. In der Klink wurden ihm unter anderem Anpassungsstörungen und eine nicht näher bezeichnete Persönlichkeitsstörung diagnostiziert. Entgegen dem ärztlichen Rat wurde er allerdings nach nur drei Tagen stationären Aufenthalts auf seinen Wunsch und auf eigene Verantwortung aus der Klinik entlassen.

Nach dem Klinikaufenthalt fanden beide wieder schnell zueinander. Sie bewohnte noch ihr Zimmer in der Obdachlosenunterkunft, wo er sie nach seiner Entlassung sofort aufsuchte. Das junge Paar zog trotz der Affäre und des dadurch erforderlich gewordenen

Aufenthalts in der Psychiatrie dann doch wie zuvor geplant nach Krefeld.

Auf diesen Umstand im Gerichtsverfahren angesprochen, äußerte der Angeklagte, dass vom Sozialamt her ja alles arrangiert gewesen sei und der Mietvertrag schließlich weiterliefe. Außerdem wolle er unter keinen Umständen mehr zurück in eine Obdachlosenunterkunft.

Das junge Paar kam überein, fortan eine offene Beziehung zu führen, in der die Frau neben ihrem festen Freund noch mit mindestens drei weiteren Männern sexuelle Beziehungen pflegte. Der damit völlig überforderte Freund wurde zunehmend eifersüchtiger und ungehaltener. Er selbst hatte in dieser Zeit keinen Kontakt zu anderen Frauen. In der Gerichtsverhandlung gab er dazu an, seine Freundin tatsächlich geliebt zu haben – andere Frauen hätten da keinen Platz gehabt.

Im Verlauf der Beziehung kam es wiederholt zu heftigen Streitigkeiten mit gegenseitigen körperlichen Übergriffen.

Die Gewaltspirale wurde aber nicht nur von Attacken des eifersüchtigen Mannes aufrechterhalten. Auch die junge Frau stand ihrem Freund in diesem Punkt in nichts nach. So kam es beispielsweise Anfang 2010 zu einem Polizeieinsatz in der Krefelder Wohnung. Nach einer zunächst nur verbalen Auseinandersetzung zog die junge Frau plötzlich ein Messer und stieß damit in Richtung ihres Freundes, der den Hieben nur knapp ausweichen und aus der Wohnung fliehen konnte. Nach wenigen Stunden hatte sich der Streit jedoch wieder gelegt, und er konnte sicher in die Wohnung zurückkehren.

Bei diesem Vorfall wurde noch niemand verletzt, was sich aber nur sechs Wochen später drastisch ändern sollte.

Im März 2010 kam es dann zum endgültig letzten Streit zwischen dem jungen Paar, der zunächst wieder nur verbal geführt wurde. Er warf ihr vor, mit dem gemeinsam verwalteten Geld verschwenderisch umzugehen. Sie kaufe unnötig teure Produkte, und auch sonst werfe sie das Geld mit vollen Händen aus dem Fenster.

Tatsächlich fiel es den beiden jungen Leuten schwer, mit der Sozialhilfe auszukommen. Es passierte häufiger, dass die Frau ihren Anteil der gemeinsam veranlagten Unterstützung bereits zu Beginn des Monats durch den Kauf von modischen Kleidungsstücken oder Accessoires verbraucht hatte, was auch regelmäßig zum Streit führte. Offensichtlich gelang es ihrem Freund besser, mit dem wenigen Geld auszukommen.

Nach den Schilderungen des Angeklagten in der Hauptverhandlung sei seine Freundin im Laufe der Diskussion immer aggressiver und hysterischer geworden. Zunächst habe sie ihn nur beleidigt und beschimpft. Um eine weitere Eskalation zu vermeiden, habe er dann die Wohnung verlassen wollen. Er befürchtete, dass sie handgreiflich werden könnte. Als sie erkannt habe, dass er die Wohnung fluchtartig verlassen wollte, habe sie die Wohnungstür abgeschlossen und den Schlüssel in ihre Hosentasche gesteckt.

Diesen Teil der Aussage habe ich dem Angeklagten vor Gericht nicht geglaubt. Auf den polizeilichen Tatortfotos war die Leiche mit einfachen Leggings und einem schlichten Top bekleidet abgebildet. Weder die Leggins noch das Oberteil hatten eine Tasche. Sie hätte den Schlüssel – zumindest in der vom Täter beschriebenen Art und Weise – so nicht an sich nehmen können. Auf meinen entsprechenden Einwand äußerte er ausweichend, dass es aber so gewesen sei. Er habe die Wohnung nicht verlassen können, weil seine Freundin den Schlüssel in ihre Hosentasche gesteckt habe. Ich ließ ihm dann vom Vorsitzenden Richter die Polizeifotos aus der Ermittlungsakte vorlegen, auf denen man eben keine Hosentasche erkennen konnte. Trotzdem beharrte der Angeklagte auf seiner widerlegten Version.

Er berichtete weiter, dass ihn seine Freundin kurz vor der Tat massiv provoziert und mit einem langen Brotmesser bedroht habe. Diesen Teil seiner Aussage nahm ich ihm dagegen ab. Die Polizei wurde in der Vergangenheit mehrfach wegen Bedrohung mit einem Messer zur Wohnung gerufen. Jedes Mal war er das Opfer.

Zum anderen hat auch der Vater der Getöteten als Zeuge im Gerichtsverfahren berichtet, dass seine Tochter ihn früher ebenfalls mit einem Messer bedroht habe.

Derartiges Verhalten war ihr also nicht wesensfremd.

Die Fotos des Tatortes bekräftigten seine Aussage auch in einem anderen Punkt. Auf einem der Fotos war Dreck zu erkennen, der quer verstreut auf dem Boden der kleinen Wohnung verteilt war. Offensichtlich wurde der Haufen zuvor ordentlich zusammengefegt und dann durch Wegtreten wieder verstreut. Ein Besen lag auch noch daneben. Dazu berichtete der Angeklagte, dass er mehrfach den Dreck in der Wohnung zusammengekehrt und seine wütende Freundin den Haufen immer wieder provokant auseinandergetreten habe. Sie wollte seine Vorwürfe wegen ihres verschwenderischen Lebensstils einfach nicht hinnehmen.

Schließlich soll die später Getötete den Angeklagten auch getreten und mit dem Besenstiel geschlagen haben. Er habe sich zunächst nur durch Festhalten und Entreißen des Besenstiels gewehrt. Ohne Vorwarnung habe sie dann ein langes Küchenmesser gegriffen, das er ihr aber reflexartig aus der Hand geschlagen habe. Als sie sodann ein Antennenkabel aus dem Fernseher gerissen und damit auf ihn eingedroschen habe, soll er ihr dieses aus den Händen gerissen haben. Im Rahmen des sich daran anschließenden Gerangels habe er ihr das Kabel trotz ihrer Abwehrversuche mehrfach um den Hals gewickelt. Dann habe er mit aller Kraft zugezogen. Nach kurzer Gegenwehr habe sie sich nicht mehr bewegt und sei zu Boden gesackt. Er habe sich schließlich hingekniet und die Kabelenden mit einem Doppelknoten verknotet. Während der Tat habe er zugleich Wut, Aggression und Ohnmacht gefühlt.

Eine plausible Erklärung dafür, warum er nach dem Zubodengehen die Kabelenden noch mit einem Doppelknoten fixierte, konnte er nicht geben. Er wollte offensichtlich ganz sichergehen, dass seine Freundin endlich mit den Provokationen und Bedrohungen aufhörte. Er war es einfach leid, von ihr schikaniert zu werden. In diesem Moment wusste er sich angeblich nicht anders zu helfen, als sie mit dem Antennenkabel zu erwürgen. Auf meine Frage, warum er das Würgen bis zum Todeseintritt durchgezogen hatte, wusste er nichts zu erwidern. Was hätte er auch zu seiner Verteidigung sagen können? Schließlich konnte seine Freundin ihn bereits im Zustand der Bewusstlosigkeit weder weiter provozieren noch bedrohen.

Vermutlich wollte er auch verhindern, dass sie weiterhin sexuellen Kontakt zu anderen Männern hatte. Dies hat er auf eine weitere Frage von mir zwar vehement bestritten, was jedoch nicht anders zu erwarten gewesen ist, da er anwaltlich beraten war. Ein derartiges Motiv hätte das Mordmerkmal „niedrige Beweggründe“ verwirklicht, was zwangsläufig zu einer lebenslangen Freiheitsstrafe geführt hätte.

Bei der Autopsie wurde als Todesursache eine „komprimierende Gewalt gegen den Hals im Sinne einer Strangulation“ festgestellt. Die Frau wurde zunächst aufgrund von Sauerstoffmangel bewusstlos, bevor dann der Erstickungstod eintrat.

Das Landgericht Krefeld verurteilte den jungen Mann wegen Totschlages zu einer Freiheitsstrafe von 7 Jahren und 6 Monaten.

Das besonders Tragische an diesem Fall ist, dass zwei völlig hilflose und mit dem Leben überforderte junge Menschen zu einer Zeit aufeinandertrafen, als beide dringend professionelle Hilfe benötigten. Aber anstelle gegenseitiger Unterstützung und Hilfe machten sie sich das Leben gegenseitig schwerer, als es ohnehin schon war, bis schließlich der eine der anderen das Leben nahm.

7. NEKROPHILIE

Im Jahre 2008 lernte ich ihn auf einer Hochzeit kennen; er war der Trauzeuge des Bräutigams. Es handelte sich allerdings um keine gewöhnliche Hochzeit, denn die meisten der etwa zehn Gäste waren vom Sicherheitsdienst der Rheinischen Landeskliniken Bedburg-Hau, nahe Kleve an der niederländischen Grenze. Die standesamtliche Trauung fand im Klever Rathaus statt.

Der frisch Vermählte hatte in den Achtzigerjahren als Jugendlicher zwei junge Frauen vergewaltigt und anschließend erwürgt; zwischen beiden Taten lag exakt ein Jahr. Beide Opfer erkannten ihren Peiniger und drohten ihm, den sexuellen Übergriff bei der Polizei zur Anzeige zu bringen, weshalb er sich spontan entschloss, sie zu töten. Bei der letzten Tat hinterließ er genügend DNA-Material, das ihn schließlich überführte.

Zudem fielen einem findigen Polizeibeamten die Parallelen zu der noch unaufgeklärten früheren Tat auf. Schließlich konnte auch diese mithilfe der immer weiter entwickelten DNA-Analyse dem Täter nachgewiesen werden. Er wurde wegen zweifachen Mordes zu einer Jugendstrafe von zehn Jahren Gefängnis verurteilt. Eine höhere Strafe konnte das Gericht nicht aussprechen, denn bei Jugendlichen liegt die Höchststrafe bei zehn Jahren Freiheitsstrafe – unabhängig davon, wie viele Menschen vom jugendlichen Täter ermordet worden sind.

Nachdem der Bräutigam die Strafe im Jugendstrafvollzug vollständig abgesessen hatte, wurde er in der psychiatrischen Anstalt Bedburg-Hau bei Kleve untergebracht. Dort verbringt er nun seit über zwanzig Jahren sein Leben im Maßregelvollzug.

Einmal im Jahr muss die Strafvollstreckungskammer des Landgerichts Kleve darüber entscheiden, ob der Untergebrachte aus dem Maßregelvollzug zu entlassen ist. Dabei bedienen sich die Richter der vom Gericht in Auftrag gegebenen psychiatrischen Sachverständigengutachten. Die Experten sollen eine Prognose abgeben, ob die zu untersuchende Person immer noch gefährlich ist und deshalb weitere Straftaten zu erwarten sind oder ob wegen einer möglichen Heilung im Maßregelvollzug keine Gefahr mehr für die Allgemeinheit vom Patienten ausgeht. Die Psychiater stützen ihre Einschätzung dabei zum einen auf die Strafakten. Die Gutachter setzen sich also jedes Jahr aufs Neue mit den Straftaten auseinander, die letztendlich der Anlass für die Unterbringung waren. Auch die Untergebrachten müssen sich natürlich während des Vollzuges ständig mit ihren begangenen Straftaten therapeutisch befassen, um diese aufzuarbeiten.

Zum anderen müssen die Sachverständigen auch die von den behandelnden Psychologen abgegebenen Stellungnahmen berücksichtigen. Die Klinik hat einmal jährlich eine Einschätzung über die aktuelle Gefährlichkeit ihrer Patienten und auch über deren Therapie- bzw. Heilungsverläufe dem Gericht gegenüber abzugeben.

Schlussendlich sind es aber die Psychiater, die sich im Rahmen einer persönlichen Analyse des Untergebrachten von ihm ein abschließendes Bild machen.

Derartige Gespräche ziehen sich in der Regel über mehrere Tage hin und finden in der psychiatrischen Einrichtung statt.

Früher standen die Chancen für einen im Maßregelvollzug untergebrachten Patienten relativ gut, nach nur wenigen Jahren wieder als geheilt in die Freiheit entlassen zu werden. Heute kommt ein einmal Untergebrachter nur sehr selten – und wenn doch, dann erst sehr spät – in den Genuss, wieder entlassen zu werden.

Auch wenn die Justiz sich vehement gegen diesen Vorwurf wehrt; der Grund hierfür liegt klar auf der Hand: Die Richter sind wegen mangelnder Sachkenntnis darauf angewiesen, dass die psychiatrischen Gutachten und die darin enthaltenen Gefährlichkeitsprognosen korrekt sind. Selbstverständlich kommt es auch immer wieder zu Fehleinschätzungen. Dabei entlässt das Gericht einen vermeintlich geheilten Patienten aufgrund der professionellen Einschätzungen des Psychiaters, obwohl dieser – trotz vom Gutachter ausgeschlossener Gefährlichkeit – noch einmal zum Täter wird. Diese Szenarien sind grundsätzlich nicht neu und waren leider schon in der Vergangenheit zu oft zu beobachten. Die gesetzgebende Gewalt sah sich deshalb in der Pflicht und erließ entsprechende Gesetze, wodurch Opfer nunmehr die Möglichkeit haben, Sachverständige in Regress zu nehmen und Schadensersatz zu verlangen. Es wird dann vorgetragen, dass der Sachverständige mit seiner Gefährlichkeitsprognose ganz offensichtlich falsch gelegen habe. Das psychiatrische Gutachten sei nicht korrekt erstattet worden, weshalb der Gutachter zur Kasse gebeten wird.

Um sich dieser Gefahr nicht aussetzen zu müssen, stufen die Gutachter die Probanden lieber einmal mehr als „noch für die Allgemeinheit gefährlich“ ein. Die Entscheidungen bezüglich der Aufhebung der Unterbringung werden so einfach immer wieder auf das nächste Jahr verschoben, um sich der Verantwortung zu entziehen.

Auch im vorliegenden Fall kommen die Sachverständigen jedes Jahr zu dem Ergebnis, dass vom Bräutigam noch heute – trotz fast drei jahrzehntelanger Therapie – eine akute Gefahr für die Allgemeinheit ausgehe. Die Begehung eines dritten Mordes wäre wahrscheinlicher als das Führen eines straffreien Lebens in der Freiheit. Es ist also davon auszugehen, dass der Bräutigam wegen der noch immer angenommenen akuten Gefährlichkeit die Anstalt auch in den nächsten Jahrzehnten nicht verlassen darf.

Auch die Braut wurde wegen zweifachen Mordes verurteilt. Sie verbüßte ihre Strafe in der Justizvollzugsanstalt Willich, und anschließend wurde auch sie im Maßregelvollzug in Bedburg-Hau untergebracht. Ihren ersten Mord begann sie ebenfalls als Jugendliche. Sie erstickte ein siebenjähriges Mädchen, das mit ihr in Streit geraten war. Dabei hielt sie ihrem körperlich unterlegenen und völlig wehrlosen Opfer so lange Mund und Nase zu, bis der Erstickungstod eintrat. Mit einem Spaten zertrümmerte sie anschließend den Kopf des Kindes, um den Verdacht von sich abzulenken. Die Brutalität der Tat sollte eher auf einen Erwachsenen als Täter schließen lassen als auf einen Jugendlichen.

Den zweiten Mord verübte sie als Heranwachsende im Maßregelvollzug. Dabei spielte sie ihrer Zimmergenossin vor, sich aus Spaß gegenseitig fesseln zu wollen. Zuerst fixierte sie also das ahnungslose Opfer, um es dann mit 47 Messerstichen abzustechen. Die Tat erfolgte aus nichtigem Anlass: Das Opfer hatte geschnarcht und ihr eine Hörspielkassette gestohlen.

Es wurde auch noch ein drittes Ermittlungsverfahren wegen Mordverdachts gegen sie geführt. Während des Maßregelvollzuges hatte sie im Rahmen einer Lockerungsmaßnahme die Möglichkeit erhalten, einen älteren Mann zu betreuen. Durch die regelmäßige Betreuung sollte sie unter Beweis stellen, nach all den Jahren der Unterbringung endlich auf eigenen Füßen stehen zu können.

Der Mann lebte allein in seinem Haus in unmittelbarer Nachbarschaft zur Klinik. Ihr wurde die Aufgabe übertragen, täglich nach dem alkoholkranken 83-Jährigen zu schauen. Sie sollte sicherstellen, dass er regelmäßig seine Medizin und ausreichend Nahrung zu sich nahm. Außerdem sollte sie darauf achten, dass er sich wusch und das Haus in Ordnung hielt. Vor allem sollte sie aber kontrollieren, dass er keinen Alkohol mehr konsumierte. Für diese Aufgabe erhielt sie täglich einen dreistündigen unbegleiteten Ausgang.

Eines Tages verstarb der Mann. Der Arzt, der die Leichenschau vorgenommen hatte, bescheinigte eine natürliche Todesursache. Anzeichen für eine äußere Gewaltanwendung lagen nicht vor, weshalb der Leichnam zur Beisetzung freigegeben wurde.

Nur zwei Tage nach der Beerdigung ging die Frau mit dem Sparbuch des Verstorbenen zu dessen Hausbank. Auf der Rückseite des Sparbuchs stand handschriftlich notiert: „Meine liebe Michaela, aus Dankbarkeit für Deine tolle Arbeit schenke ich Dir dieses Sparbuch.“

Der Bankangestellte wurde sofort misstrauisch und verweigerte die geforderte Auszahlung des Sparvermögens. Die Bank erstattete Strafanzeige wegen Urkundenfälschung und versuchten Betruges. Die Staatsanwaltschaft Kleve hatte zunächst ein grafologisches Gutachten in Auftrag gegeben, um die Urheberschaft zu klären. Als ihr Anwalt riet ich ihr, die vom Gutachter gewünschten Vergleichsschriften abzulehnen, weil ich befürchtete, dass sie tatsächlich den Schenkungstext eigenhändig auf dem Sparbuch vermerkt hatte. In Deutschland ist man als Beschuldigter nicht verpflichtet, an der eigenen Überführung mitzuwirken.

Im Rahmen des Ermittlungsverfahrens stießen die Ermittler auf die mörderische Vorgeschichte meiner Mandantin. Es drängte sich jetzt der Verdacht auf, dass der Tod des alten Mannes möglicherweise doch nicht natürlicher Art war. Deshalb wurde die Leiche drei Monate nach der Beerdigung exhumiert. Die Gerichtsmediziner suchten Hinweise für eine Fremdtötung. Weil der Verstorbene aber zu Lebzeiten eine Vielzahl unterschiedlicher Medikamente zu sich genommen hatte, konnte eine Vergiftung nicht nachgewiesen werden. Es wurden zu viele verschiedene Substanzen im Blut des Toten gefunden.

Die Verfahren wegen Urkundenfälschung bzw. versuchten Betruges und Mordes wurden daraufhin aufgrund mangelnden Tatverdachts eingestellt. Es konnte kein strafbares Handeln meiner Mandantin nachgewiesen werden.

Im Maßregelvollzug in Bedburg-Hau lernte sich das Brautpaar kennen und lieben.

Während der Trauung wartete ich voller Spannung auf den klassischen Satz „Bis dass der Tod euch scheidet“. Doch er fiel nicht.

Bis zu diesem Zeitpunkt war ich lediglich Verteidiger der beiden Getrauten. Der Trauzeuge wurde erst zwei Jahre später mein Mandant.

Seit über zehn Jahren stehe ich dem Brautpaar bei der jährlich stattfindenden gerichtlichen Anhörung als Rechtsanwalt zur Seite. Trotz kleiner therapeutischer Fortschritte endeten sämtliche Anhörungsverfahren mit der gleichen gerichtlichen Entscheidung. Jedes Mal wird die Unterbringung für ein weiteres Jahr angeordnet. Die Richter „verstecken“ sich dabei hinter den Sachverständigen, die allesamt gebetsmühlenartig von der akuten Gefährlichkeit meiner Mandanten ausgehen.

Nach der Hochzeit lernte ich auch den Trauzeugen besser kennen, da er sich mit meinem Mandanten ein Zimmer teilte. Schließlich wurde auch er von mir anwaltlich vertreten.

Seine Vorgeschichte ließ in mir aber nie wirklich die Hoffnung aufkeimen, dass er seinen Lebensabend noch in Freiheit genießen würde, denn immerhin war er damals schon Mitte sechzig.

Zur Zeit der Trauung war sein körperlicher Zustand noch einigermaßen gut. Zwar litt er bereits länger an starkem Asthma, war aber sonst noch in der Lage, seinen Alltag in der Klinik eigenständig zu bewältigen. Im Laufe der Zeit wurde sein Zustand jedoch immer schlechter, und letztlich wurde bei ihm Lungenkrebs diagnostiziert.

Mehrmals im Jahr besuchte ich ihn, um die gerichtlichen Anhörungen gemeinsam vorzubereiten. Dabei musste ich mit Schrecken feststellen, dass der Zerfall des nur 1,60 Meter großen Mannes von Besuch zu Besuch gravierender voranschritt. Nach fast 27 Jahren Unterbringung in der Psychiatrie verstarb er schließlich im Mai 2011 in den Landeskliniken Bedburg-Hau an den Folgen seiner Krebserkrankung.

Wie konnte es dazu kommen, dass mein Mandant fast drei Jahrzehnte in einer psychiatrischen Einrichtung eingesperrt werden musste, bis er schließlich ohne Aussicht auf Entlassung im besonders gesicherten Hochsicherheitstrakt verstarb? Was für Schreckenstaten waren begangen worden, um die Bevölkerung vor diesem Menschen sein Leben lang schützen zu müssen?

Auch bei ihm gingen die Richter bei den jährlichen Anhörungen kontinuierlich davon aus, dass seine Entlassung schon bald wieder in einem schrecklichen Gewaltverbrechen münden würde, und beschlossen jährlich die Fortführung des Maßregelvollzuges.

Er verbrachte zunächst eine unauffällige Kindheit in der Nähe von Krefeld. Nach der Erlangung des Hauptschulabschlusses absolvierte er erfolgreich eine Lehre zum Kraftfahrzeugmechaniker. In diesem Beruf hat er jedoch nur kurz gearbeitet, bis er 1970 am Düsseldorfer Schauspielhaus eine Stelle als Beleuchter fand. Zu diesem Zeitpunkt begann er, vermehrt Alkohol und Kokain zu konsumieren. Dies erklärte er mir damit, dass er sich so den Schauspielern und Mitarbeitern des Schauspielhauses stärker verbunden fühlte. Der gemeinsame Konsum löste in ihm ein Gefühl von Zusammengehörigkeit aus. Endlich hatte er seinen Traumberuf gefunden, nachdem er in der zuvor ausgeübten Tätigkeit als Mechaniker keine Erfüllung finden konnte. Die neue Arbeit dagegen erfüllte ihn mit Freude und Zufriedenheit.

Dennoch keimten in den folgenden Jahren gewalttätige Sexualfantasien in ihm auf und nahmen ihn immer mehr gefangen. Er malte sich aus, in den Körper seines Sexualpartners einzudringen, ihm den Bauch aufzuschneiden, die Gedärme herauszunehmen und das Glied abzutrennen.

An einem Abend im Jahre 1973 versuchte er schließlich erstmals, diese Fantasien Wirklichkeit werden zu lassen. Er lernte in der Düsseldorfer Altstadt einen jungen homosexuellen Mann kennen, den er zu sich in die Wohnung lockte. Ohne Vorwarnung würgte er den Mann. Dabei war er wie von Sinnen, immer das Ziel vor Augen, seine perversen Fantasien ausleben zu können. Das Opfer, das dem Angreifer körperlich überlegen war, konnte sich befreien. Nach Zahlung eines hohen Schweigegeldes sah der junge Mann davon ab, Strafanzeige zu erstatten, sodass dieser Vorfall zunächst auch nicht polizeibekannt wurde.

Der nächste Übergriff dieser Art ereignete sich zwei Jahre später. Mein Mandant nahm wieder einen jungen Mann mit in seine Wohnung. Als dieser am späten Abend endlich einschlief, schlug er ihn mit einem schweren Hammer mehrfach gegen den Kopf, bis er ohnmächtig wurde. Nun schleppte er sein bewegungsloses Opfer in die Badewanne, um es dort zu schlachten. Von diesem Vorhaben nahm er jedoch Abstand, als der stark blutende Mann plötzlich aus der Ohnmacht erwachte. Der schwer verletzte Mann konnte aus der Wohnung fliehen und musste mehrere Wochen im Krankenhaus behandelt werden. Auch er erstattete keine Anzeige, weil auch dieses Opfer Schweigegeld annahm.

Zur dritten Tat kam es im Mai 1976. Wieder lockte er eine Bekanntschaft aus der Düsseldorfer Altstadt in seine Wohnung. Der Mann nahm die Einladung, bei meinem Mandanten übernachten zu können, dankend an. Er wohnte weit außerhalb der Innenstadt, und zu vorgerückter Stunde fuhren keine öffentlichen Verkehrsmittel mehr. Als der ahnungslose Gast schließlich eingeschlafen war, stach ihm mein Mandant – wieder in erregter Erwartung, endlich sein Vorhaben umsetzen zu können – zweimal mit einem Küchenmesser in den Hals und würgte ihn. Er plante, dessen Körper aufzuschlitzen und sich sexuell an diesem zu vergehen. Erst nach heftiger Gegenwehr gab er die weitere Tatausführung auf.

Dieses Opfer brachte den Übergriff endlich zur Anzeige, und mein Mandant trat nun erstmals strafrechtlich in Erscheinung. Für diesen versuchten Mord saß er allerdings nur wenige Monate in Untersuchungshaft, da ein Sachverständiger ihm eine „Schuldunfähigkeit und eine affektive Ausnahmetat unter Alkohol- und Drogeneinfluss“ diagnostizierte. Laut dem Gutachter stand er während der Tatausübung derart unter dem Einfluss von Alkohol und Drogen, dass ihm zeitweise die Fähigkeit fehlte, das Unrecht seiner Tat zu erkennen.

Der Sachverständige schloss darüber hinaus eine Wiederholungsgefahr aus, was sich später noch eindrucksvoll als falsch erweisen sollte. Das Strafverfahren wurde sanktionslos eingestellt.

Im Jahre 1979 folgte das vierte Verbrechen; das Vorgehen ähnelte den vorangegangenen Taten. Wieder würgte mein Mandant einen sechzehnjährigen Jungen, besessen von dem Gedanken, dessen Körper auf- und den Penis abzuschneiden. Auch hier musste er wegen heftiger Gegenwehr schließlich von seinem Opfer ablassen.

Das Landgericht Düsseldorf verurteilte ihn deshalb nur wegen versuchter sexueller Nötigung zu einer Freiheitsstrafe von einem Jahr. Zugleich wurde erstmals die Unterbringung in einer Maßregelvollzugseinrichtung angeordnet, was offensichtlich schon längst überfällig war.

Schon Jahre zuvor begab sich mein Mandant freiwillig in psychiatrische Behandlung. Die teilweise auch stationär durchgeführte Betreuung bestand aus insgesamt 394 Therapiestunden und der Verabreichung triebdämpfender Mittel.

Trotz seiner Bemühungen beging mein Mandant 1983 die fünfte Tat. Auch dieses Mal versuchte er, sein Opfer – diesmal handelt sich um einen fünfzehn Jahre alten Jungen – durch Würgen zu töten, um sich danach sexuell an ihm zu vergehen.

Das Landgericht Düsseldorf sprach ihn auch in diesem Fall wegen Schuldunfähigkeit frei, ordnete aber zugleich die Unterbringung in einer Maßregelvollzugseinrichtung an. Dies war nun mittlerweile die zweite gerichtlich angeordnete Unterbringung in der Psychiatrie. Die erste Unterbringung aus dem Jahr 1979 erstreckte sich allerdings nur über wenige Monate.

Im Jahre 1976 wurde eine solche Unterbringung noch nicht verhängt – trotz der gutachterlich attestierten Schuldunfähigkeit. Eine Unterbringung im Maßregelvollzug ist dann zwingend erforderlich, wenn neben der Schuldunfähigkeit davon auszugehen ist, dass weitere Straftaten verübt werden. Bei meinem Mandanten hatte der Sachverständige damals die Wiederholungsgefahr noch ausgeschlossen.

Mein Mandant hatte sich mit dem Maßregelvollzug schnell arrangiert. Er hat in den psychotherapeutischen Gesprächen sehr offen über seine Probleme berichtet, weshalb die Wiedereingliederungschancen von der Klinik als überaus günstig beurteilt wurden. Bereits Ende 1985, also nur zwei Jahre nach der letzten Tat, erfolgte die erste unbegleitete Tagesbeurlaubung. Dabei wurde dem Patienten gestattet, die ansonsten stark gesicherten Räumlichkeiten des Maßregelvollzuges ohne Aufsicht für acht Stunden zu verlassen. Ihm wurde erlaubt, sich frei in der Klever Innenstadt zu bewegen.

Bereits im Frühjahr 1986 wurde mein Mandant in ein weniger gesichertes Haus verlegt, obwohl er gegenüber seinem behandelnden Psychiater weiterhin schonungslos seine Tötungsfantasien offenbarte. Bei einem derartigen Gespräch beschrieb er seine abartigen Fantasien sogar bis ins kleinste Detail. In den schriftlichen Unterlagen des Therapeuten heißt es wörtlich: „Er sehnte sich danach, einen Knaben, ungefähr in einem Alter von fünfzehn bis sechzehn Jahren, möglichst schnell und schmerzlos zu töten. Danach würde er langsam und behutsam den Bauch aufschneiden und endlich die warmen Gedärme spüren können."

Ende des Jahres 1986 ließ er seine perversen Tötungsfantasien dann schließlich doch grausame Wirklichkeit werden. Bei einem unbegleiteten Arbeitsausgang nutzte er die Gunst der Stunde und floh aus den Landeskliniken Bedburg-Hau. Wie er mir berichtete, hatte er über viele Jahre hinweg für genau diesen einen Tag, der irgendwann kommen musste, mühsam 300 DM zusammengespart und in einem sicheren Versteck in der Anstalt gehütet.

Nachdem er das Klinikgelände erlaubterweise verlassen hatte, bestieg er mit seinem Ersparten ein Taxi und fuhr von Kleve nach Köln zum Hauptbahnhof, eine Strecke von gut 130 Kilometern. Dort angekommen, nahm er einen Zug nach Dortmund, obwohl er dort noch nie zuvor gewesen war. Er erklärte mir, dass er nicht nach Düsseldorf hätte fahren können, weil man ihn dort mit Sicherheit als Erstes gesucht hätte, sobald sein Verschwinden aufgefallen wäre.

In Dortmund führte ihn sein Weg direkt in die Küchenabteilung eines Warenhauses, wo er sich ein Messer mit einer Klingenlänge von 26 Zentimetern besorgte. Sodann erkundete er die Gegend um den Hauptbahnhof herum. Schließlich fand er eine Schwulenkneipe, wo offensichtlich junge Männer der Prostitution nachgingen. Nicht weit davon entfernt entdeckte er eine Baustelle eines Mehrfamilienhauses. Dort quetschte er sich durch einen Bauzaun. Er suchte den geeigneten Ort für sein krankes Vorhaben. Im Keller des Rohbaus fand er Dämmplatten und Gipswände vor, aus denen er sich sein Nachtlager einrichtete. Nachdem er seinen Schlachtraum vorbereitet hatte, begab er sich zurück zur Schwulenkneipe. Hier sollte er endlich sein Opfer finden.

Es dauerte nicht lange, da hatte er Kontakt zu einem 21 Jahre alten Stricher geknüpft. Der junge Mann stammte aus Berlin und war über viele Umwege ins Dortmunder Schwulenmilieu gerutscht. Er lebte seit seiner frühesten Kindheit in verschiedenen Heimen, weil sich seine Eltern schon kurz nach seiner Geburt getrennt hatten und keiner den Jungen aufnehmen wollte. Um das alles verarbeiten zu können, konsumierte er bereits als Jugendlicher Heroin. „Weiche" Einstiegsdrogen – wie Marihuana – hat er nicht gebraucht. Um seine Drogenabhängigkeit finanzieren zu können, verkaufte er fast täglich seinen Körper, oft für nur 30 DM.

Mein Mandant witterte die Chance seines Lebens. Nach einigen Bieren und Schnäpsen einigten sie sich über das Finanzielle. Bevor sie die Kneipe verließen, steckte mein Mandant noch zwei Kerzen ein, und man begab sich gemeinsam zu der im Dunklen gelegenen Baustelle. Mein Mandant berichtete mir, dass der junge Mann, vor dem Zaun angelangt, zunächst gezögert habe, dann aber doch gegen einen Aufpreis bereitwillig mit in den Keller gekommen sei. Dort wurden dann bei Kerzenschein zunächst einvernehmlich Zärtlichkeiten ausgetauscht.

Im Anschluss an das Liebesspiel schlief das arglose Opfer in den Armen meines Mandanten auf den staubigen Dämmplatten im kalten Kellerraum der Baustelle ein. Auf genau diesen einen Moment hatte mein Mandant all die Jahre gehofft und hingearbeitet, und nun war es endlich soweit. Mit äußerster Vorsicht zog er das Küchenmesser aus seiner Jackentasche. Er wollte unter keinen Umständen den Schlafenden aufwecken. Mehrfach scheiterten seine Versuche an der Gegenwehr seiner Opfer. Dieses Mal musste es klappen, und das Opfer sollte schutzlos im Schlaf überwältigt werden. Unvermittelt und mit voller Wucht stach er seinem wehrlosen Opfer in den Hals. Der junge Mann soll laut Angaben meines Mandanten noch „Du Sauhund!“ gerufen haben, bevor er in seinen Armen verstarb.

Besonders abscheulich finde ich die Tatsache, dass das arme Opfer seine letzten Atemzüge in den Armen seines Peinigers erleben musste. Nach dem Zustechen war er seinem Mörder schutzlos ausgeliefert und musste ertragen, dass dieser ihm – wie ein wahrer Freund – im Todeskampf die Hand hielt und sein Gesicht streichelte.

Schon immer wollte mein Mandant wissen, wie es sich anfühlt, das Leben aus einem menschlichen Körper entweichen zu sehen.

Benommen vor Glück verharrte er zunächst eine ganze Weile mit seinem Opfer im Arm – erst einige Zeit später entkleidete er die Leiche. Behutsam fügte er ihr einen tiefen Schnitt vom Kinn bis unterhalb des Bauchnabels zu. Er wollte unter keinen Umständen mehr zerstören, als für sein Vorhaben unbedingt notwendig war.

Nun entnahm er die einzelnen Organe. Fein säuberlich – mit nahezu chirurgischer Perfektion – schnitt er Herz, Leber und Lunge heraus. Jetzt verging er sich an den einzelnen Körperteilen. Dabei rieb er seinen erigierten Penis an den entnommenen, blutverschmierten und noch warmen Organen, bis er zum Samenerguss kam. Danach legte er sie erschöpft zurück in den aufgeschnittenen Körper und schlief erleichtert und glücklich ein.

Von der eisigen Kälte aufgeweckt, erwachte mein Mandant früh am nächsten Morgen im tristen Kellerraum. Sofort überkam ihn erneut das Verlangen nach sexueller Befriedigung. Er ließ seinen Gefühlen freien Lauf und onanierte auf die geöffnete Leiche. Mit dem Blut des Getöteten schrieb er anschließend in großen Lettern die Worte „Ich habe es getan" an die kahle Betonwand. Dann verließ er den Ort des Schreckens. Seine Kleidung und sein Körper waren beinahe vollständig mit Blut beschmiert. Es dauerte nicht lange, bis ihn die Polizei aufgriff und zurück in die Anstalt brachte.

Eine gerichtliche Sanktion erfolgte für diese Tat nicht. Es liegt auf der Hand, dass mein Mandant trotz langjähriger Planung für sein perverses Handeln nicht zu bestrafen ist. Auch dieses Mal fehlte ihm die Einsicht, Unrecht zu tun.

Allerdings wurde er von der gelockerten Station in die besonders gesicherte Hochsicherheitsabteilung der Landeskliniken Bedburg-Hau verlegt.

Ich erinnere mich, dass mein Mandant in der letzten gerichtlichen Anhörung dem Richter gegenüber den Wunsch äußerte, endlich wieder einen unbegleiteten Ausgang gestattet zu bekommen. Der Richter schaute daraufhin meinen Mandanten mit ernster Miene an und antwortete harsch, dass ihm das wohl niemals mehr in seinem Leben gewährt werden würde. Man habe einmal einen schrecklichen Fehler begangen, und das Gericht werde diese Fehleinschätzung nicht wiederholen. Niemals!

Im Übrigen bin ich der Meinung, dass diese Fehleinschätzung deshalb erfolgte, weil der Gutachter einen wesentlichen Aspekt außer Acht gelassen hatte. Bei der Frage, ob mein Mandant das Unrecht seines Handels hätte erkennen können, hätte man darauf abstellen müssen, dass er seinen Lebensgefährten immer verschont hatte, obwohl er ständig Gelegenheiten hatte, seine Gewaltfantasien auch an ihm auszuleben. Er konnte also sehr wohl zwischen Gut und Böse unterscheiden. Von einer Schuldunfähigkeit war daher zu keinem Zeitpunkt auszugehen.

Mein Mandant hat mir gegenüber mehrfach versichert, dass er die ihn über viele Jahre bestimmenden Gewaltfantasien niemals an seinem langjährigen Partner ausgelebt hätte. Die beiden Männer führten eine über mehrere Jahre andauernde homosexuelle Beziehung. Trotz der kranken und nicht zu steuernden Neigungen meines Mandanten kam es nie zu gewalttätigen Auseinandersetzungen zwischen den beiden. Mein Mandant sah in seinem Lebensgefährten die Liebe seines Lebens. Dies rettete ihm wohl das Leben.

8. LEBENSLÜGE

Er saß in einem schmutzigen, heruntergekommenen Hotelzimmer in Tschechien und sah seinen eigenen Fahndungsaufruf in der deutschen Fernsehsendung „Aktenzeichen XY ungelöst". Er befand sich bereits seit drei Tagen auf der Flucht, nachdem er seine Freundin aus nichtigem Anlass brutal erwürgt hatte.

Er kannte den kleinen Ort in Tschechien aus seiner Kindheit; dort hat er häufig mit seinen Eltern und seinem älteren Bruder die Ferien verbracht. Es war für ihn stets ein idyllischer Ort mit typischen Kindheitserinnerungen. Das Hotel schien ihm als Unterschlupf geeignet – hier würde man ganz sicher nicht nach ihm suchen. Als er jedoch sein Foto im Fernsehen sah, entschloss er sich spontan, seine Flucht aufzugeben. Die letzten drei Tage waren für ihn extrem belastend gewesen.

Später erzählte er mir, dass ihm die Flucht und das Wissen, dass man ihn jagen würde, fast die Luft zum Atmen genommen hätten. Er habe sich auf der Fahrt nach Tschechien ständig mit einem Blick in den Rückspiegel versichern müssen, nicht von der Polizei verfolgt zu werden. Bei den Tankstopps befürchtete er, von der Polizei überrumpelt und festgenommen zu werden.

Allerdings bestand diese Gefahr zum Zeitpunkt der Reise noch nicht, da man das Verbrechen noch nicht entdeckt hatte. Das Opfer wurde von seinem Umfeld noch nicht vermisst.

Viele meiner Mandanten, die nach der Tat geflohen sind, haben sich relativ zeitig den Behörden gestellt. Flucht ist anstrengend, nervenaufreibend und vor allem teuer. Ich vergleiche die Flucht immer mit der Haft, nur ohne Gefängnis – in beiden Fällen ist man nicht frei.

Kurz nach der Tat wollte sich mein Mandant noch um jeden Preis seiner Verantwortung entziehen. Nach dem Fernsehaufruf wurde ihm jedoch schlagartig bewusst, dass seine Flucht nur von kurzer Dauer sein würde. Er erkannte, dass es nur eine Frage der Zeit ist, bis man ihn verhaften würde und er sich seiner Verantwortung stellen müsse. Jetzt wollte er sich der Polizei freiwillig stellen, auch weil er Angst davor hatte, in einem fremden Land als Frauenmörder inhaftiert, um dann den deutschen Behörden ausgeliefert zu werden.

Nachdem er noch ein Bad genommen und seine wenigen Sachen ordentlich in die Tasche gepackt hatte, ging er an die Rezeption und bezahlte das Zimmer. Erst beim Auschecken fiel ihm auf, dass er sich doch tatsächlich unter Vorlage seines echten Personalausweises mit seinem richtigen Namen dort eingemietet hatte. Offensichtlich war er mit der gesamten Situation hoffnungslos überfordert gewesen.

Die Fahrt vom Hotel zur deutsch-tschechischen Grenze dauerte etwa eine Stunde. Nachdem er den Wagen vor dem Grenzhaus auf der deutschen Seite ordnungsgemäß verschlossen abgestellt hatte, betrat er die Grenzstation. Zunächst schenkten ihm die Zollbeamten keine Beachtung. Erst nach ein paar Minuten kam ein Beamter auf ihn zu und fragte, was er denn für ihn tun könne, worauf der junge Mann schüchtern erwiderte: „Ich bin der, den Sie suchen!“ Keiner der Beamten konnten mit dem verwirrt wirkenden Mann etwas anfangen – sie wollten ihn sogar wieder wegschicken. Erst auf sein energisches Drängen hin nahmen sie sich seiner Sache an und fanden schließlich seinen Aufruf in der Fahndungsdatei.

So ging er im November 2006 am Grenzübergang Smilka in deutsche Untersuchungshaft.

Sein Bruder, der in Düsseldorf in einer Kantine als Koch arbeitete, erschien bei uns in der Kanzlei und bat mich, die Verteidigung seines Bruders zu übernehmen. Ich lernte ihn daraufhin im Januar 2007 im Gefängnis „Santa Fu“ kennen – so nennen die Gefangenen ihre Justizvollzugsanstalt Fuhlsbüttel in Hamburg. Bereits im ersten Gespräch fand ich einen Zugang zum neuen Mandanten, und so vertraute er mir bedingungslos seine Verteidigung an. Soweit ich das heute einschätzen kann, hat er mir in den vielen Mandantengesprächen, die wir zur Vorbereitung des Gerichtsverfahrens geführt haben, jede von mir gestellte Frage ehrlich beantwortet. Diese

Ehrlichkeit war – wie sich später herausstellte – wohl eine absolute Ausnahme.

Im März 2007 wurde er schließlich vor dem Schwurgericht in Hamburg wegen Totschlages zu einer Freiheitsstrafe von acht Jahren verurteilt.

Wie konnte es dazu kommen, dass ein junger Mann von dreißig Jahren, der optisch und auch nach seinem Auftreten den perfekten Schwiegersohn darstellt, seine Lebensgefährtin auf kaltblütige Weise erdrosselte? Er war groß und schlank, und seine hellblauen Augen ließen ihn gütig und lieb erscheinen. Sein blondes Haar trug er modisch kurz, und er achtete stets auf sein elegantes und gepflegtes Äußeres.

Und genau dieses äußere Erscheinungsbild und sein selbstbewusstes Auftreten und sein einnehmendes, charmantes Lächeln waren Grundvoraussetzungen für das Aufrechterhalten seiner Lebenslüge. Was er auch über sich behauptete – und schien es auch noch so absurd: Man musste dem netten und aufgeschlossenen jungen Mann einfach Glauben schenken. Seiner Freundin gelang es erst viel später, hinter die Fassade zu blicken. Für sie war es dann allerdings schon zu spät – sie musste sterben.

Das ungleiche Paar lernte sich im Herbst 2005 über das Internet in einem Chat von Radio Bremen kennen. Zunächst beschränkte sich der Kontakt auf unregelmäßige E-Mails. Später, als sie ihm auf sein Drängen hin ihre Handynummer verriet, kam es zu täglichen Telefonaten, und schließlich folgte das erste Treffen. Für die junge Frau war es Liebe auf den ersten Blick. Wie sie ihren besten Freundinnen berichtet hatte, war sie sofort bis über beide Ohren in den charmanten, überaus höflichen und aufmerksamen Mann verliebt. Es dauerte nicht lange, und die beiden wurden ein Paar.

Im Gegensatz zu ihrem neuen Freund stand die junge Frau mit beiden Beinen fest im Leben.

Gleich nach ihrer Ausbildung zur Einzelhandelskauffrau wurde sie von ihrem Ausbildungsbetrieb übernommen. Sie liebte die Arbeit in der mittelständischen Computerfirma. Außerdem hatte sie einen großen Freundeskreis und viele Interessen – so ging sie zum

Beispiel regelmäßig ins Fitnessstudio und engagierte sich kommunalpolitisch für die CDU.

Ihr Freund hatte dagegen nicht so viel vorzuweisen. Eigentlich hatte er in seinem Leben noch überhaupt nichts erreicht. Er war seit mehreren Jahren arbeitslos. Um, wie er im Gerichtsverfahren erklärte, auf seine Freundin aber interessant zu wirken, log er ihr vor, als Arzt in einem Hubschrauberteam bei der Bundeswehr beschäftigt zu sein. Er habe schon eine Vielzahl lebensgefährlicher Einsätze im Afghanistankrieg überlebt. Einmal habe er sogar den Hubschrauber selbst fliegen müssen, als beide Piloten von Heckenschützen lebensbedrohlich verletzt worden sein sollen – so eine seiner Legenden.

Aus dem Chatflirt entwickelte sich schließlich eine Liebesbeziehung, und sie bezogen alsbald eine Einliegerwohnung im Hause ihrer Eltern nahe Bremen. Ihr schritt die Entwicklung der Beziehung eigentlich zu rasant voran, aber ihr neuer Freund drängte sie förmlich zum frühen Zusammenziehen. Er spielte ihr vor, in ihr endlich seine große wahre Liebe gefunden zu haben, und nun wolle er mit ihr so viel Zeit wie möglich verbringen. Der wahre Grund für das überhastete Zusammenziehen lag wohl eher darin, dass er zu dieser Zeit keine eigene Wohnung hatte und von Bekannten zu Bekannten zog, um ein Dach über dem Kopf zu haben. Er war obdachlos.

Auch gegenüber ihren Eltern präsentierte er sich anders, als er in Wirklichkeit war. Um Eindruck zu schinden, spiegelte er neben der Arztlüge und den damit verbundenen angeblichen Auslandseinsätzen auch vor, dass seine vermögenden Eltern in Hamburg auf der Elbchaussee wohnen würden. Er wäre eng mit dem in Hamburg lebenden Schauspieler Til Schweiger befreundet. Wenn er seine Eltern in Hamburg besuche, wäre Til häufig vorbeigekommen, und man wäre gemeinsam um die Häuser gezogen und hätte das Hamburger Nachtleben unsicher gemacht.

Außerdem müsse er regelmäßig nach England zu seiner Tante reisen, die mit ihm gemeinsam erfolgreich wertvolle Rennpferde züchten würde. Man hätte schon mehrere echte Champions hervorgebracht, die später die höchst dotierten Pferderennen in ganz Europa gewonnen hätten. Neben mehreren Scheichs aus

Saudi-Arabien gehöre auch das englische Königshaus zu seinen Kunden.

Im Sommer 2006 – ein dreiviertel Jahr nach dem Kennenlernen – flogen allerdings sämtliche Aufschneidereien auf. Er konnte sein Lügenkonstrukt nicht mehr länger aufrechterhalten. Es gelang ihm zwar, mit einem Bekannten seiner Freundin, der tatsächlich Arzt war, medizinische Fachgespräche zu führen, ohne entlarvt zu werden. Aber seiner Freundin gegenüber verwickelte er sich immer wieder in Widersprüche. Mit dem Rücken an der Wand gestand er ihr schließlich seine Lügen. Die Eltern seiner Freundin waren so enttäuscht und entrüstet, dass sie ihn hinauswarfen und ihm Hausverbot erteilten.

Trotz dieser Vorfälle hielt seine Freundin an ihrer Verliebtheit fest. Ihre Liebe zu ihrem Freund führte zum völligen Bruch mit ihren Eltern, zu denen sie bis dahin ein inniges und enges Verhältnis hatte. Kurz nach dem Rauswurf musste sie berufsbedingt nach Hamburg ziehen. Sie sollte die von ihrem Arbeitgeber eröffnete Dependance in der Hamburger Innenstadt als Filialleiterin führen.

Auch in die Hamburger – ebenfalls von ihr allein finanzierten – Wohnung wurde mein Mandant mit offenen Armen aufgenommen, obwohl er nach wie vor nicht arbeitete. Er ließ sich von seiner Freundin finanziell aushalten und bekam gelegentlich Zuwendungen von seinen Eltern. Als Grund für seine Untätigkeit gab er ihr gegenüber an, dass er an Krebs leide und sich in ärztlicher Behandlung befände. Doch auch diese Lüge flog alsbald auf – was die junge Frau jedoch auch nicht davon abhielt, weiter an der Beziehung festzuhalten.

Trotz seiner Beziehung mit der sich aufopfernden Freundin, die ihm unzählige Lügen und Legenden verziehen und für ihn ihre Familie hinter sich gelassen hatte, unterhielt er mehrere sexuelle Kontakte zu anderen Frauen, die er allesamt über das Internet kennengelernt hatte. Nachdem seine Freundin morgens die Wohnung verlassen hatte und zur Arbeit ging, setzte er sich sofort an den Computer und suchte nach Internetbekanntschaften. Auch diesen Frauen erzählte er nur Lügen über sich. Beispielsweise behauptete er, er sei Musiker in einer Rockband und lebe in München oder er sei Pilot bei der Lufthansa.

Eine Erklärung für diese ausschließlich auf das Sexuelle reduzierten Treffen konnte mein Mandant im Gerichtsverfahren nicht geben. Im Gegenteil: Er beschwor immer wieder seine ungebrochene Liebe zur Getöteten. Ebenso wenig konnte er eine Erklärung dafür geben, warum er auch die Frauen aus dem Internet belogen hatte, wenn sich diese Bekanntschaften doch offensichtlich nur auf das Sexuelle beschränkten. Die Damen mussten schließlich nur von seinem Äußeren und nicht von seinem Werdegang überzeugt werden.

Trotz ihrer Liebe zu ihrem Freund verstärkten sich im Laufe der Zeit ihre Zweifel an seiner – nach dem Rauswurf aus dem Haus ihrer Eltern – versprochenen Ehrlichkeit, zumal er weiterhin nicht arbeitete. Auf diesen Umstand angesprochen, belog er sie, ohne mit der Wimper zu zucken, ein weiteres Mal. Er habe nun eine Anstellung als Vermessungstechniker bei der Bundeswehr angenommen. Diese Lüge wurde von seiner Lebensgefährtin bis zu ihrem Tode nicht aufgedeckt.

Mein Mandant verließ morgens mit ihr das Haus und kam erst am frühen Abend zurück in die gemeinsame

Wohnung. Bis dahin hielt er sich in der Hamburger Innenstadt auf, um so die „Arbeitszeit“ zu überbrücken.

Ein erheblicher und immer wiederkehrender Streitpunkt zwischen den beiden war der Umstand, dass sich mein Mandant beharrlich weigerte, seiner Freundin seine Eltern vorzustellen. Auf ihre Drängen und Bitten erfand er immer wieder neue Ausreden, warum angeblich geplante Treffen kurzfristig doch nicht stattfinden konnten. Dies war in den letzten Wochen vor der Tat dominierendes Thema für die immer verzweifelter werdende junge Frau. Offensichtlich hatte sie ernsthaft darüber nachgedacht, die Beziehung zu beenden. Nach Aussagen ihrer in der Hauptverhandlung gehörten Freundinnen soll sie ihrem Lebensgefährten ein entsprechendes Ultimatum gesetzt haben. Danach sollte es am nächsten Wochenende zu einem Treffen mit seinen Eltern kommen – oder aber sie werde endgültig Konsequenzen ziehen und sich von ihm trennen. Am Wochenende, an dem das Ultimatum endete, endete auch ihr Leben.

Im Gerichtsverfahren bestritt der Angeklagte dieses Ultimatum allerdings vehement. Er blieb bei seiner Version, die er bereits dem Haftrichter kurz nach seiner Festnahme erzählt hatte. Demnach soll er sich mit der später Getöteten heftig gestritten haben, nachdem sie ihm gebeichtet habe, dass sie ein paar Tage zuvor fremdgegangen sei. Diese Einlassung wurde vom Schwurgericht Hamburg aber nicht geglaubt und als bloße Schutzbehauptung gewertet.

Zum einen wurden mehrere Freundinnen des Opfers zu dieser Behauptung vernommen. Alle haben übereinstimmend ausgesagt, dass ihre Freundin immer wieder mit großer Begeisterung von ihrem ganz persönlichen Traumprinzen berichtet habe. Die Zeuginnen schlossen einen Seitensprung der Getöteten kategorisch aus. Wäre dies tatsächlich der Fall gewesen, so hätte sie sich ihnen mit Sicherheit anvertraut.

Zum anderen war mein Mandant nicht in der Lage, auf Nachfragen des Gerichts Einzelheiten bezüglich des angeblichen Fremdgehens zu nennen. Im Hinblick darauf, dass sich mein Mandant wegen dieses Streits angeblich zur Tat hat hinreißen lassen, erschien es den fünf Richtern absolut undenkbar, dass er von keinen Einzelheiten zum angeblichen Seitensprung zu berichten wusste.

Das Gericht ging davon aus, dass es kurz vor der Tat zunächst zu einem verbalen Streit gekommen ist, in dem die später Getötete ihm das Ultimatum gesetzt hat. Der Streit fand im Schlafzimmer statt, wo die Frau gerade die Betten bezog. Die Dauer und der genaue Inhalt des Streitgesprächs blieben in der Hauptverhandlung unklar, da sich der Angeklagte zu diesem Punkt auf angebliche Erinnerungslücken berief und er zudem nach wie vor das Ultimatum abstritt.

Fest steht, dass sich mein Mandant zur Tatzeit wieder einmal mit seinen Lügen und Ausflüchten konfrontiert sah und sich deshalb immer mehr in die Enge gedrängt fühlte. Er geriet darüber in einen regelrechten Wutanfall. Möglicherweise versetzte ihn seine Wut auch in Panik, weil durch eine Trennung sein bequemes Leben auf Kosten seiner Freundin ein jähes Ende gefunden hätte. Mit dem Ende der Beziehung wäre auch seine Zukunft wieder einmal ungewiss gewesen.

Im Verlauf des Streits packte mein Mandant seine Freundin und brachte sie neben dem Bett zu Boden. Dann setzte er sich auf die auf dem Rücken liegende Frau. Seine Beine umklammerten ihre Beine, womit er sie am Boden hielt. Jetzt strangulierte er die wehrlose Frau zunächst mit beiden Händen über einen Zeitraum von bis zu drei Minuten. Das Opfer war dabei noch mindestens zwanzig Sekunden bei vollem Bewusstsein. Der in der Hauptverhandlung als Sachverständige angehörte Gerichtsmediziner ging sogar davon aus, dass die Frau aufgrund des dynamischen Geschehens das Würgen bis zu einer Minute ertragen musste, bis sie endlich durch die Ohnmacht von ihrem Leid befreit wurde. Im Anschluss daran würgte er das leblose Opfer noch so lange, bis er sichergehen konnte, dass der Tod eingetreten war.

Möglicherweise drosselte er sie im Anschluss noch mit dem Kabel einer Nachttischlampe. Die Polizei fand später neben der Leiche ein einzelnes herausgerissenes Kabel, das der kleinen Tischlampe zugeordnet werden konnte. Gerichtsmedizinische Befunde, die neben dem Würgen auch ein Erdrosseln mit dem Kabel beweisen würden, gab es jedoch nicht. Am

Hals des Opfers ließen sich keine Erdrosselungsmale feststellen. Mein Mandant berief sich auch diesbezüglich auf Erinnerungslücken.

Fest steht dagegen, dass die körperlich unterlegene Frau verzweifelt versucht hatte, sich gegen den tödlichen Angriff mit aller Kraft zu wehren. Ihr Körper wies entsprechende Abwehrverletzungen auf. Bei der Autopsie wurde an ihren Unterarmen eine Vielzahl von Hämatomen und Einblutungen entdeckt, die deutlich machen, wie heftig sie an den Armen festgehalten worden ist.

Nach der Tat deckte mein Mandant die Getötete mit einer Bettdecke ab. Bei Beziehungstaten ist es nicht unüblich, dass der Täter den Anblick des getöteten Partners nicht erträgt und diesen abdecken muss – insbesondere dann, wenn der Tatort nicht sofort fluchtartig verlassen wird.

Mein Mandant hielt sich nach der Tat noch zwei Tage in der Wohnung auf. Er schlief im Wohnzimmer auf dem Sofa – er wollte auf keinen Fall neben der Leiche im ehemals gemeinsamen Bett schlafen. Schließlich packte er eine Reisetasche mit Kleidung und ein paar persönlichen Dingen. Dann steckte er die beiden EC-Karten seiner Freundin ein, nahm ihren Laptop und Autoschlüssel an sich, fuhr zum nächsten Geldautomaten und hob mit jeder Karte 1000 Euro ab. Bevor er seine Flucht nach Tschechien antrat, machte er noch einmal Halt in seinem Elternhaus in Rohrsen, einem Vorort der Stadt Hameln in Niedersachsen. Beim Abschied von seinen Eltern auf für ihn unbestimmte Zeit behielt er sein tödliches Geheimnis für sich.

Mir gegenüber hat er einmal erklärt, dass diese Trennung für ihn das Emotionalste gewesen sei, was er bis dahin erlebt habe. Es sei ihm fast unmöglich gewesen, seinen Eltern die schreckliche Tat und die sich nun anschließende Flucht zu verheimlichen. Aber im Lügen und Verheimlichen war er ja ein wahrer Meister.

Seine Eltern berichteten im Gericht, dass sie an diesem Tag absolut nichts Außergewöhnliches am Verhalten ihres Sohnes festgestellt hätten. Sie wurden auch nicht stutzig, dass ihr Sohn ohne seine Freundin erschien. Von ihrer Existenz hatten sie nämlich erstmalig im Zuge des Strafprozesses erfahren.

Das Opfer wurde zwei Tage nach der Flucht durch einen Arbeitskollegen in seiner Wohnung aufgefunden. Man hatte sich in der Firma Sorgen gemacht, da die sonst zuverlässige Mitarbeiterin ohne Krankmeldung nicht am Arbeitsplatz erschienen und auch telefonisch nicht zu erreichen war. Nachdem dem Kollegen auf sein Klingeln nicht geöffnet wurde, ging er um das Mehrfamilienhaus herum und schaute durch die Fenster in die Erdgeschosswohnung.

Im Gerichtsverfahren konnte er nicht erklären, was ihn dazu veranlasste, den Schlüsseldienst mit der Öffnung der Wohnung zu beauftragen. Er hatte durch die Fenster nämlich nichts Verdächtiges erkennen können, sondern einfach intuitiv gehandelt. Einen Blick in das Schlafzimmer, wo seine Arbeitskollegin tot unter einer Decke auf dem Boden lag, hatte er aus dieser Position nicht werfen können. Die Vorhänge in diesem Zimmer waren zugezogen gewesen.

Aus meiner Sicht als Verteidiger war es überaus wichtig, in der Hauptverhandlung eindeutig herauszuarbeiten, dass der Entschluss, das Geld, das Auto und den Laptop zu entwenden, erst nach der erfolgten spontanen Tötung fiel. Das Entwenden des Geldes und des Autos dienten der Flucht und waren nicht Grund der Tötung. Anderenfalls hätte mein Mandant das Mordmerkmal der Habgier erfüllt, was zwangsläufig zu einer Verurteilung wegen Mordes mit lebenslanger Freiheitsstrafe geführt hätte. Weil der Tötungsentschluss aber eben nicht finanziell motiviert war, erfolgte eine Verurteilung richtigerweise „nur" wegen Totschlages.

Das fehlende Selbstwertgefühl meines Mandanten war der Grund seiner Tat. Sein ganzes Leben war davon geprägt, anderen Menschen gegenüber etwas darstellen zu wollen, was er tatsächlich nie war. Er belog sogar die Internetbekanntschaften, die sich allesamt nur auf ein kurzes sexuelles Abenteuer einlassen wollten. Diese Frauen waren im Grunde nicht an seinem Leben interessiert; gleichwohl war es ihm ein Bedürfnis, auch ihnen etwas vorzuspielen.

Seine Eltern erzählten mir, dass ihr Sohn sein ganzes Leben nur gelogen habe. Er habe dabei nie unterschieden, ob es sich dabei um kleinere Notlügen oder existenzielle Lügen gehandelt habe. Seine über viele Jahre andauernden Lügen ließen ihn möglicherweise irgendwann selbst daran glauben, das zu sein, was er seinen Mitmenschen tagtäglich vortäuschte.

Anders als in seinem Vorleben nutzte mein Mandant die Zeit im Gefängnis sinnvoll. Er schloss eine Ausbildung zum Tischler erfolgreich mit dem Gesellenbrief ab. Darüber hinaus hat er sich während der Haft eigenständig das Keyboardspielen beigebracht. Nächtelang übte er in seiner Einzelzelle bekannte Musikstücke ein, bis er schließlich so gut wurde, dass er einen festen Platz in der Gefängnisband einnahm. Diese Rockgruppe bestand aus Mördern, Betrügern und Bankräubern und trat regelmäßig in der Haftanstalt vor den Mitgefangenen auf.

Außerdem hat er an einer mehrmonatigen Verhaltenstherapie teilgenommen, bei der die Problematik seiner ständigen Lügereien erfolgreich aufgearbeitet wurde. Nach Verbüßung von zwei Drittel der achtjährigen Haftstrafe wurde er frühzeitig wegen guter Führung entlassen. Schon kurz nach seiner Haftentlassung fand er in einem kleinen Betrieb nahe Hannover eine Anstellung als Tischler. Heute lebt er ein Leben fast ohne Lügen – seine grausige Vergangenheit verschweigt er.

9. EHRENMORD

Im Sommer 2002 bekam ich einen Anruf eines alten Studienfreundes. Er berichtete mit Stolz, dass er nun endlich seinen ersten Mordfall habe, einen Ehrenmord unter Türken. Ein Vater und seine Tochter seien beschuldigt, gemeinsam mit dem zukünftigen Schwiegersohn ihren Ex-Freund erschossen zu haben, um damit die jungfräuliche Reinheit des Mädchens wiederherzustellen.

Mein Freund fragte mich, ob ich Lust und Zeit hätte, die noch unverteidigte Tochter zu vertreten. Ich willigte ein.

Noch bevor ich meine Mandantin zum Erstgespräch in der Justizvollzugsanstalt Koblenz aufsuchte, bekam ich von meinem Kollegen den Haftbefehl und Auszüge der Ermittlungsakte der Staatsanwaltschaft Koblenz zur Verfügung gestellt. Demnach soll der Verlobte meiner Mandantin dem Opfer von hinten in den Kopf geschossen haben, als dieser ein von der jungen Frau gesteuertes Fahrzeug verlassen wollte. Offensichtlich hatte das Opfer bemerkt, in eine Falle gelockt worden zu sein.

Mit diesen Informationen machte ich mich von Düsseldorf auf den Weg in die Justizvollzugsanstalt Koblenz, die seit mehreren Jahrzehnten in einer alten Verteidigungsfestung auf einer kleinen Gebirgskette am Stadtrand von Koblenz untergebracht ist. Das war mein erster Mandantenbesuch in dem Koblenzer Gefängnis. Von außen wirkte das massive Gebäude bedrohlich und zugleich geheimnisvoll.

Nachdem ich die anstaltstypischen Formalitäten für Anwaltsbesuche hinter mich gebracht hatte, wurde ich von einer jungen Vollzugsbediensteten in einen kleinen Besuchsraum geführt. Ich nahm dort an einem massiven Holztisch Platz, der den Raum in zwei etwa gleich große Hälften teilte, und wartete gespannt auf meine neue Mandantin. Was für eine Person musste das sein, die ihren Ex-Freund in einen Hinterhalt lockt, damit der Verlobte diesen kaltblütig erschießen kann, um somit nach ihrer naiven Vorstellung ihre Jungfräulichkeit wiederherzustellen?

Nach einigen Minuten wurde meine Mandantin von derselben Bediensteten in den Besuchsraum geführt. Die Justizvollzugsbeamtin erklärte mir noch, dass ich nach Beendigung des Gesprächs auf den Klingelknopf neben der Tür zu drücken habe, um dann wieder abgeholt zu werden. Dann fiel die Tür blechern krachend ins Schloss. Ich stand auf und ging um den Tisch herum auf meine neue Mandantin zu, die gerade mal so viele Schritte in den Raum gemacht hatte, dass die Tür geschlossen werden konnte. Sie entsprach in keiner Weise meinen Vorstellungen von einer kaltblütigen und berechnenden Täterin. Sie glich eher einem Häufchen Elend. Sie war nur etwas über eineinhalb Meter groß und wog weit über 80 Kilogramm. Ihre schulterlangen, schwarzen Haare klebten glanzlos an ihrem aufgequollenen Gesicht. Sie trug einen dunkelblauen Jogginganzug, der konturlos ihren Körper umhüllte. Insgesamt wirkte das damals neunzehnjährige Mädchen eher jugendlich und unreif als erwachsen und verantwortungsbewusst.

Ihre Blicke wichen meinen aus, und sie reichte mir verstört und ängstlich abwartend ihre kalte, feuchte rechte Hand zu einem kaum spürbaren Händedruck.

Unmittelbar nach der kurzen Begrüßung und Vorstellung meiner Person und noch bevor ich wieder Platz nehmen konnte, behauptete sie mir gegenüber spontan, dass sie ohne Hilfe des Verlobten oder Vaters ihrem Ex-Freund im Auto auf dem Gelände einer Esso-Tankstelle in Bad Honnef von hinten in den Kopf geschossen habe.

Ich bat sie zunächst, sich hinzusetzen und mir die Geschichte in Ruhe von Anfang an in allen Einzelheiten zu erzählen. Sie beschrieb das Tatgeschehen mit denselben Worten wie zuvor. Die bloße Wiederholung der vier oder fünf Sätze ließ in mir sofort den Verdacht aufkommen, dass die junge Frau den angeblichen Tatablauf auswendig gelernt hatte, um keine Abweichungen oder Widersprüche in ihrer Aussage entstehen zu lassen. Diese Einschätzung passte auch zu ihrem ängstlichen und unsicheren Verhalten mir gegenüber. Ganz offensichtlich versuchte sie, etwas vor mir zu verbergen.

Ich machte ihr deshalb klar, dass sich ihre Darstellung nicht mit dem Sachverhalt aus dem Haftbefehl in Einklang bringen ließe. Bis dahin sprach meine Mandantin nur sehr leise und kauerte in sich versunken schüchtern auf ihrem Stuhl. Auf meinen Vorhalt wurde sie schlagartig sehr laut und erwiderte trotzig und energisch, sie allein habe ihn erschossen.

Dieses Verhalten deckte sich nicht im Geringsten mit dem von mir gewonnenen ersten Eindruck von der jungen Frau. Plötzlich wirkte sie nicht mehr in sich gekehrt und fremdgesteuert, sondern kämpferisch und aggressiv. Erst später verstand ich, dass sie sich durch die Liebe zu ihrem Verlobten zu diesem Gefühlsausbruch hinreißen ließ.

Auch auf die Gefahr hin, das gerade erst erlangte und für mich durchaus interessante Mandat zu verlieren, gab ich ihr dennoch unmissverständlich zu verstehen, dass ich ihrer Geschichte absolut keinen Glauben schenkte und dass sie selbst das größte Problem in diesem Verfahren darstelle, wenn sie ihre Aussage vor Gericht nicht grundlegend überdenken würde. Mit diesen klaren Worten verabschiedete ich mich.

Wir vereinbarten, dass ich sie nach vollständig gewährter Akteneinsicht noch einmal in der Justizvollzugsanstalt aufsuchen würde, um die Ermittlungsakte gemeinsam zu besprechen.

Einige Wochen später erhielt ich dann von der Staatsanwaltschaft Koblenz die komplette Ermittlungsakte. Beim Aktenstudium musste ich feststellen, dass meine Mandantin bereits in ihrer polizeilichen Vernehmung unmittelbar nach ihrer Festnahme und auch einen Tag später bei der Haftbefehlsverkündung dem Ermittlungsrichter gegenüber erklärt hatte, dass sie die Todesschützin gewesen sei. Sie habe ein bis zwei Wochen vor der Tat selbstständig eine Schusswaffe für 800 Euro erworben. Am Tattag habe sie angeblich ihren Ex-Freund gegen 6:00 Uhr in Bergheim aufgesucht, ihn geweckt und mit ihrem Pkw – einem Seat – zu einer Aussprache abgeholt. Der Ex-Freund sollte dem eifersüchtigen Verlobten persönlich erklären, dass die in der Vergangenheit geführte und schon lange beendete Beziehung lediglich platonischer Art gewesen sei und es keinerlei sexuellen Kontakt gegeben habe. An besagter Esso-Tankstelle in Bad Honnef soll sie dann unter einem Vorwand das Fahrzeug verlassen haben, worauf sich ihr Verlobter auf den Fahrersitz gesetzt habe, während sie auf der Rückbank Platz genommen habe.

Das spätere Opfer sei geschockt gewesen, habe gefragt, was los sei, und versucht, zu fliehen. Sie habe dann die in ihrem Hosenbund versteckte Pistole gezogen und ihrem Ex-Freund, der angeblich die Beifahrertür bereits geöffnet hatte, von hinten in den Kopf geschossen. Sie wollte die Sache endgültig klären und eine Aussprache erzwingen. Im Prinzip wisse sie jedoch nicht, warum sie geschossen habe.

Nachdem ich die Ermittlungsakte gelesen hatte, besuchte ich die Angeschuldigte erneut im Gefängnis. Ich hatte für sie extra eine Kopie der Ermittlungsakte fertigen lassen, um ihr diese zum Eigenstudium zu überlassen.

Aber auch bei diesem Gespräch blieb sie bei ihrer Version, wonach sie völlig allein und ohne fremde Hilfe ihren Ex-Freund erschossen haben will. An diesem Tag beschränkte sich die Tatschilderung wieder auf die bereits beim ersten Besuch heruntergebeteten fünf Sätze. Ich sah deshalb schon nach nur drei

Minuten Besuchszeit keinen Sinn mehr, die Besprechung weiter fortzusetzen, und übergab ihr vor meiner Rückfahrt nach Düsseldorf den für sie gefertigten Aktenauszug mit der Bitte, diesen aufmerksam zu lesen. Sie sollte sich insbesondere die Aussage ihres Verlobten genauer anschauen. Ich hoffte darauf, dass sie nach der Lektüre zur Vernunft käme und mir eine Darstellung des Tatablaufs geben würde, die sich mit den objektiven Gegebenheiten aus der Ermittlungsakte in Einklang bringen ließ.

Der Tankstellenbetreiber und ein Kunde hatten nämlich übereinstimmend ausgesagt, dass sie kurz nach Eröffnung der Tankstelle um 7:00 Uhr auf dem Tankstellengelände einen lauten Knall vernommen hätten. Eine leblose männliche Person habe aus der halb geöffneten Beifahrertür eines Opel Vectra gelehnt und sei dann ins Wageninnere gezogen worden. Daraufhin sei der Wagen mit hoher Geschwindigkeit von der Tankstelle gerast. Das Fahrzeug sei von einer jungen Frau gesteuert worden.

Zudem wurden auf dem Tankstellengelände Fensterglassplitter eines Pkws sichergestellt. Diese Erkenntnisse stehen konträr zur Darstellung meiner Mandantin, wonach ihr Verlobter das Fluchtfahrzeug gesteuert haben soll und sie dem Opfer von der Rückbank aus direkt in den Kopf geschossen habe, ohne dabei eine Scheibe durchschossen zu haben.

Bei meinem dritten Gefängnisbesuch vier Wochen später war es endlich soweit. Der jungen Frau wurden durch die gewährte Akteneinsicht ihre naiven, kindlichen Augen geöffnet. Sie konnte nun schwarz auf weiß lesen, was ihr Verlobter bei der Polizei ausgesagt hatte. Er sei an der Tat völlig unbeteiligt gewesen. Seine Verlobte habe dem wehrlosen Opfer brutal und kaltblütig – für ihn völlig unerwartet – einen tödlichen Kopfschuss im Bad Honnefer Wald zugefügt. Er selbst habe diese schreckliche Tat nie gewollt und auch nie gebilligt. Er habe nicht gewusst, dass seine Verlobte eine Waffe besaß, und ihr ein derartiges Verbrechen auch nie zugetraut. Er sei schockiert gewesen und habe im Wald hysterisch geschrien und geweint. Gemeinsam mit ihrem Vater hätten sie dann die Leiche im Wald mit Laub bedeckt und verscharrt. Vater und Tochter hätten ihn schließlich auch zur Flucht zu Verwandten in die Türkei gedrängt. Durch die grausamen Ereignisse habe er sich in einer Art Trance befunden. Nur deshalb sei er völlig fremdbestimmt mit seiner Verlobten in die Türkei geflogen.

Nunmehr öffnete sich meine Mandantin mir gegenüber und berichtete unter Tränen, wie es zu dieser Tat kommen konnte, was ursprünglich geplant war und welche Verabredung unter den Beteiligten für den Fall der Entdeckung getroffen wurde. Dabei stockte sie immer wieder und hielt inne. Offensichtlich empfand sie tiefe Trauer für das Opfer. Sie bemitleidete auch ihre Mutter und ihren Bruder, die jetzt ohne den inhaftierten Vater und sie auskommen mussten. Die Wut über das feige und hinterhältige Aussageverhalten ihrer vermeintlichen großen Liebe ließ sie wütend weinen.

Was muss in der unter Mordverdacht stehenden jungen Frau vorgegangen sein, als sie – einsam in ihrer kargen Zelle eingesperrt – die Ermittlungsakte las? Erstmals in ihrem Leben war sie von ihrer Familie getrennt und isoliert. Sie hatte bis dahin noch nie mit der Polizei zu tun gehabt. Und nun musste sie beim Lesen schmerzlich erkennen, von ihrer großen Liebe belogen und verraten worden zu sein.

Sie hatte trotz ihres Übergewichtes und ihrer wenig ansehnlichen, verpickelten Erscheinung nach langer Suche endlich ihren wahren Traumprinzen gefunden. Und nicht nur ihr, sondern auch ihrer gesamten Familie und ihren Freundinnen erschien er als der perfekte Ehemann. Er war mit seinen 32 Jahren durchaus in einem guten Alter, sah sehr gut aus und hatte ein entsprechend gepflegtes und elegantes äußeres Erscheinungsbild. Zudem gab er vor, überaus vermögend zu sein, und überzeugte auch sonst durch sein einnehmendes, charmantes und höfliches Auftreten. Er war genauso türkisch konservativ eingestellt wie die Familie meiner Mandantin; man eiferte den gleichen Wertvorstellungen nach.

Meine Mandantin berichtete mir, dass unter allen drei Tatbeteiligten vereinbart wurde, dass sie bei Tatentdeckung die Schuld allein auf sich nehmen würde. Sie sollte behaupten, dass sie ihren Ex-Freund ohne Hilfe oder Absprache eigenhändig erschossen habe. Das Täter-Trio ging davon aus, dass bei der zum Tatzeitpunkt neunzehn Jahre alten Täterin lediglich eine Verurteilung nach dem Jugendstrafrecht mit einer Höchststrafe von zehn Jahren erfolgen würde. Der Verlobte versprach, für den Fall ihrer Inhaftierung draußen auf sie warten zu wollen – notfalls die ganzen zehn Jahre. Der mir von meiner Mandantin dargestellte Tathergang wurde später auch vom Schwurgericht des Landgerichts Koblenz nach über dreißig Hauptverhandlungstagen – inklusive Tatortbesichtigung – im Wesentlichen so festgestellt.

Demnach lernte sich das Paar im Sommerurlaub des Jahres 2001 in der Türkei kennen. Im selben Jahr kam es – wiederum in der Türkei – zur Verlobung; für August 2002 war die Hochzeit geplant.

Bereits vor der Verlobung hatte meine Mandantin Beziehungen zu mehreren Männern unterhalten. Ihren Eltern verschwieg sie sämtliche Bekanntschaften; lediglich ihrem Bruder und ihren zwei besten Freundinnen erzählte sie davon.

Über eine Kontaktanzeige hatte sie Ende 2000 in der Zeitschrift „Türk-Star" einen jungen türkischen Mann kennengelernt. Allerdings stellte er bereits bei der ersten Verabredung fest, dass sie nicht ganz seinen Vorstellungen entsprach, weshalb er sie an einen Freund

– das spätere Tatopfer – vermittelte. Zwischen den beiden entwickelte sich ein intimes Verhältnis, bei dem es auch zu einvernehmlichem Geschlechtsverkehr kam. Obwohl meine Mandantin im Sommer 2001 den späteren Verlobten in der Türkei kennengelernt hatte, hatte sie nach ihrer Rückkehr nach Deutschland die Beziehung zum späteren Opfer weiter intensiviert. Man traf sich mehrmals in seiner Wohnung in Bergheim bei Köln. Erst einige Monate später beendete sie diese Beziehung endgültig.

Bereits im Herbst 2001 stellte meine Mandantin den späteren Verlobten ihren konservativen Eltern offiziell als ihren Freund vor. Vater und Mutter waren von ihm gleichermaßen angetan. Er war höflich, charmant und gab vor, über eine gute Arbeitsstelle zu verfügen. Die Eltern waren der Meinung, dass ihre Tochter eine gute Partie gemacht habe, und gaben den beiden ihren Segen. Ende des Jahres verlobte sich das Paar.

Das spätere Mordopfer hatte sich nie mit der Beendigung des Verhältnisses abgefunden und versuchte mehrfach, den Kontakt wieder aufzunehmen. Gemeinsam mit seinem Freund, den meine Mandantin zuerst über die Kontaktanzeige kennengelernt hatte, kam er schließlich an einem Tag im Januar 2002 zur Wohnung der Familie seiner Ex-Freundin in Bad Honnef. Kurz vor Mitternacht warf er kleine Steine gegen ihr Zimmerfenster, um auf sich aufmerksam zu machen. Als sie das Fenster öffnete, forderte er sie auf, auf die Straße hinunterzukommen. Das bekam jedoch auch der Verlobte mit, der sich an diesem Abend bei ihr aufhielt. Der Vater – ebenfalls auf den Zwischenfall aufmerksam geworden – trat gemeinsam mit dem Verlobten auf die Straße. Freundlich, aber bestimmend erklärte der Vater den beiden Männern, dass seine Tochter nunmehr verlobt sei und bald heiraten werde. Daraufhin entschuldigte sich der Ex-Freund für die Unannehmlichkeiten und versicherte, von der Verlobung nichts gewusst zu haben. Er wünschte der Familie alles Gute und verabschiedete sich. Dabei küsste er als Zeichen des Respekts die Hände des Vaters.

Der Verlobte, der bis dahin nichts von früheren Männerbekanntschaften seiner Lebensgefährtin gewusst hatte, fühlte sich betrogen und hintergangen. Er war außer sich. Wutentbrannt eilte er in seine Wohnung, die er mittlerweile in Bad Honnef bezogen hatte.

Kaum zu Hause angekommen, rief er erbost die Eltern seiner Verlobten an und machte deutlich, dass er nichts mehr von ihr wissen wolle. Anschließend kehrte er zu ihnen zurück und forderte vom Vater lautstark die Herausgabe der Verlobungsgeschenke. Als dieser sich weigerte, zog der immer noch vor Wut kochende Verlobte plötzlich eine Schusswaffe und zielte auf den Vater. Aus Angst, erschossen zu werden, händigte der Vater ihm die Geschenke schließlich wortlos aus.

Letztendlich kam es dennoch nicht zur Auflösung der Verlobung, weil sich die beiden schon bald wieder versöhnten. Der Verlobte erklärte ihrer Familie zwei Tage nach dem Vorfall, dass er überreagiert habe und um Entschuldigung bitte. Die Eltern nahmen die Entschuldigung an und akzeptierten die Entscheidung ihrer Tochter, an der Verlobung festzuhalten.

In der Folgezeit entwickelte sich die Beziehung sehr wechselhaft. Es gab durchaus gute, aber auch sehr schlechte Phasen, in denen sich die Verlobten heftig stritten. Hierbei zeigte er sich immer wieder eifersüchtig wegen des Ex-Freundes seiner Verlobten, von dessen Existenz er erst durch den kürzlich geschehenen Vorfall erfahren hatte. Er bemühte sich intensiv, das Vorleben seiner Verlobten zu erforschen, anstatt in die gemeinsame Zukunft zu blicken. So brachte er immer wieder den Ex-Freund ins Gespräch und begann, wiederholt und eindringlich nach Einzelheiten der Beziehung und insbesondere nach seinem gegenwärtigen Aufenthaltsort zu fragen. Aus Angst, der Schwiegersohn in spe könnte den Ex-Freund aufsuchen und diesem Gewalt antun, entschlossen sich die Eltern meiner Mandantin schließlich, diesen ausfindig zu machen. Sie wollten seine Beziehung zu ihrer Tochter selbst aufklären und den Verlobten später entsprechend informieren.

Meine Mandantin fuhr mit ihren besorgten Eltern in einem Mietwagen nach Frankfurt, wo sie sich mit dem späteren Opfer trafen. Man forderte ihn auf, zu einer abgelegenen Stelle nach Altgriesheim, nahe Frankfurt, mitzukommen. Dort musste er ein wahres Verhör über sich ergehen lassen, das sie sogar auf Video aufzeichneten. Bei der Aufnahme wurde der Ex-Freund immer wieder gefragt, ob er eine sexuelle Beziehung zu meiner Mandantin unterhalten habe.

Obwohl es mehrfach zu einvernehmlichem Geschlechtsverkehr gekommen war, versicherte dieser jedoch glaubhaft, dass dies nie der Fall gewesen sei. Er erklärte, dass man lediglich eine platonische Beziehung geführt habe. Zum Schluss der Videoinszenierung wünschte er den beiden Verlobten für die gemeinsame Zukunft noch alles erdenklich Gute.

Bei diesem Treffen entnahm meine Mandantin dem späteren Opfer noch eine Blutprobe, welche dazu dienen sollte, die Herkunft von Spermaspuren auf einem Bettlaken, das sie ihrer Mutter nach einer gemeinsamen Nacht mit dem Verlobten übergeben hatte, zu klären. Die Eltern waren ernsthaft davon überzeugt, anhand der Spermaspuren in einem Labor feststellen lassen zu können, wer erstmalig mit ihrer Tochter geschlafen hatte. Da sie davon ausgingen, dass es der Verlobte gewesen war, wollten sie ihn mit ihren Befunden beruhigen und für immer zufriedenstellen.

Bei der Verabschiedung warnte der Vater den jungen Mann noch eindringlich vor einem Zusammentreffen mit dem Verlobten, da diesem durchaus zuzutrauen wäre, ihm wegen seiner Beziehung zu seiner Tochter etwas anzutun oder ihn gar zu töten.

Schon am nächsten Tag wurde dem Verlobten die Videoaufzeichnung ausgehändigt, damit sich dieser von der Ehrlichkeit seiner Verlobten überzeugen konnte. Er ließ sich jedoch nur teilweise von dem Video beeindrucken. Deshalb stellte er der Polizei in Bergheim einen anonymen Brief zu, in dem das spätere Opfer – unter voller Namensnennung – wahrheitswidrig bezichtigt wurde, mehrere Straftaten begangen zu haben. Es wurde unter anderem behauptet, er halte sich verbotenerweise in Deutschland auf, gehe einer illegalen Beschäftigung nach und begehe Straftaten aus dem Bereich des Drogenhandels. Dadurch wollte der Verlobte erreichen, den für ihn nicht greifbaren, aber aus seiner Sicht immer noch in Konkurrenz stehenden Nebenbuhler durch eine Inhaftierung bzw. Abschiebung dauerhaft loszuwerden.

Der Zorn des Verlobten wuchs dennoch stetig weiter und entlud sich auch immer häufiger in Prügelattacken gegen seine Verlobte. Dabei schlug er teils so heftig zu, dass sie ärztliche Hilfe in Anspruch nehmen musste.

Meine Mandantin empfand zu dieser Zeit eine Art Hass-Liebe für ihn. Sie waren täglich beinahe 24 Stunden zusammen. Sie war absolut auf ihn fixiert. Dabei waren ihre Gefühle zu ihm durchaus ambivalent. Zum einen empfand sie immer noch starke Zuneigung für ihren Verlobten, hatte aber gleichzeitig auch sehr große Angst vor ihm. Mittlerweile hatte sie sogar ihre Arbeitsstelle in einer Praxis als Arzthelferin verloren, weil sie nur noch sporadisch zur Arbeit ging.

Der Verlobte hatte sich zwischenzeitlich ein Diktiergerät zugelegt und führte umfangreiche Verhöre mit ihr durch, in denen er sie immer wieder eindringlich und energisch zu ihrer Beziehung zum späteren Mordopfer befragte. Er zeichnete die Verhöre auf, um sich diese immer und immer wieder anzuhören und auf mögliche Widersprüche hin zu untersuchen.

Im Mai 2002 nahm das Schicksal seinen Lauf: Meine Mandantin wurde mal wieder von ihrem Verlobten verprügelt – dieses Mal lief ihr sogar das Blut aus den Ohren. Die ständigen Schläge und der über mehrere Wochen andauernde Psychostress brachten sie schließlich so weit, dass sie ihrem Verlobten gestand, ein sexuelles Verhältnis zu ihrem Ex-Freund gehabt zu haben. Entschuldigend erklärte sie wahrheitswidrig, dass ihre Defloration im Rahmen einer Vergewaltigung erfolgt sei. Ihr Ex-Freund sei angeblich gegen ihren Willen in sie vaginal eingedrungen.

Nach dieser Offenbarung wurde der Verlobte nur noch wütender und schlug noch heftiger auf sie ein.

Im Anschluss daran ging der Verlobte zu seinem Schwiegervater in spe und brüllte ihn mit den Worten an: „Du weißt jetzt, dass du die Ehre deiner Tochter wiederherzustellen hast!" Damit war für alle Beteiligten klar zum Ausdruck gebracht, dass er den Vater gerade aufgefordert hatte, den Ex-Freund zu töten. Der Vater lehnte dies jedoch kategorisch ab.

In den folgenden Tagen wurde der Verlobte zunehmend aggressiver und war von dem Gedanken bestimmt, sich mit dem Ex-Freund für ein persönliches „Gespräch" von Mann zu Mann zu treffen. Er wollte sich mit ihm über die Beziehung zu seiner Verlobten und über die Vergewaltigung „unterhalten".

Schließlich entschloss er sich, den verhassten Nebenbuhler so weit zu bringen, dass er für immer aus dem Leben seiner Verlobten verschwindet. Dafür war es aus seiner Sicht erforderlich, dass es zu einem ungestörten Aufeinandertreffen mit ihm kommen musste. Aus Angst vor weiteren Schlägen erklärte sich meine Mandantin bereit, das spätere Opfer unter dem Vorwand der Gewährung eines Schäferstündchens aus seiner Wohnung zu locken, um ihn dann an einem ungestörten Ort dem Verlobten zu überlassen. Bei diesem Treffen sollte der Verlobte zur Einschüchterung eine Waffe tragen. Darüber hinaus wollte man dem Ex-Freund Kokain verabreichen, weil man der irrigen Annahme war, dass das Rauschgift wie eine Wahrheitsdroge wirke.

Der Vater meiner Mandantin wurde in die Tatplanung eingeweiht. Man erklärte ihm, dass man beschlossen habe, den Ex-Freund gemeinsam fertigzumachen. Der Verlobte wolle persönlich aus seinem Mund hören, dass die alte Beziehung erledigt sei – erst dann würde er Ruhe geben. Dabei offenbarte er seinem Schwiegervater in spe auch, dass er beabsichtige, eine scharfe Schusswaffe mitzunehmen.

Noch am selben Abend besorgten die Verlobten gemeinsam die spätere Tatwaffe zum Preis von 500 Euro. Der Vater beteiligte sich mit 200 Euro an den „Unkosten“.

Entsprechend dem Tatplan avancierte meine Mandantin dem späteren Opfer am nächsten Tag per SMS, dass sie sich – trotz der Verlobung – mit ihm zu einem Schäferstündchen treffen wolle. Sie wäre sogar bereit, dafür nach Bergheim zu kommen. Dieser Teil des Plans lief über eine Vielzahl von SMS, beginnend am späten Nachmittag. Der SMS-Kontakt hielt bis zum frühen Morgen an. Gegen 05:00 Uhr holten die beiden Verlobten schließlich den Vater in der elterlichen Wohnung in Bad Honnef ab. Vater und Tochter fuhren mit dem Opel Vectra des Vaters voraus; der Verlobte folgte mit dem Seat meiner Mandantin. Kurz vor Köln stoppten die Fahrzeuge auf einem Rastplatz, und der Verlobte bestieg den Kofferraum des Opels. Zu diesem Zeitpunkt trug er bereits die scharfe Schusswaffe bei sich. Die Rückbank des Opel Vectra wurde von ihm so manipuliert, dass die Verriegelungen nicht einrasteten und er die Rückenlehne mit einem einfachen Ruck nach vorn klappen konnte, um so vom Kofferraum ins Wageninnere gelangen zu können. Der Vater steuerte den Seat, während seine Tochter den Opel zur Wohnung des späteren Opfers in Bergheim fuhr. Nach einer letzten SMS an den Ex-Freund kam dieser aus seiner Wohnung und stieg in den Opel. Er nahm auf dem Beifahrersitz Platz, ohne zu bemerken, dass der spätere Schütze im Kofferraum lag. Der Vater parkte den Seat zuvor in einigen hundert Metern Entfernung. Nunmehr setzte das Gespann die Fahrt fort, wobei der Vater mit etwas Abstand folgte. Meine Mandantin log ihrem Ex-Freund vor, zunächst zurück nach Bad Honnef in ihre neue Wohnung zu fahren, wo man dann ungestört Sex haben könnte.

Zu diesem Zeitpunkt waren Vater und Tochter wegen der Rettung des Verlöbnisses bereit, den Ex-Freund an einen einsam gelegenen Ort zu bringen, um ihn dort fertigzumachen, was auch die Anwendung körperlicher Gewalt umfasste. Dabei war ihnen bewusst, dass der Verlobte, der voller Hass und Aggressionen war, die mitgeführte scharfe Waffe auch einsetzen könnte. Das Gericht führte in seiner Urteilsbegründung dazu aus, „dass Vater und Tochter deshalb den Tod des Ex-Freundes zumindest billigend in Kauf nahmen, da sie wussten, dass das Aufeinandertreffen für den Ex-Freund tödlich ausgehen könnte, um sich seiner so für alle Zeit zu entledigen“.

Meine Mandantin hatte während der gesamten Fahrt per SMS Kontakt zu ihrem im Kofferraum ausharrendem Verlobten. Sie informierte ihn fortwährend über den genauen Standort. Das Handy hatte sie zeitweise auf das Armaturenbrett gelegt. In einer Kurve fiel es plötzlich herunter und blieb für sie unerreichbar unter dem Fahrersitz liegen. Nachdem sie keine SMS mehr schreiben konnte, bemerkte sie im Rückspiegel, dass ihr Verlobter zunehmend nervöser wurde und ständig die Rückbank leicht nach vorn drückte. Er versuchte durch den Spalt erkennen zu können, wie weit man schon gekommen war. Um das Handy wieder aufheben zu können, steuerte meine Mandantin den Opel in Bad Honnef auf das Gelände einer Tankstelle und hielt an.

Als der Verlobte bemerkte, dass das Fahrzeug stoppte, nahm er an, das Ziel endlich erreicht zu haben. Er ging davon aus, sich ungestört auf einem freien Feld zu befinden. Sofort drang er durch das Herunterklappen der Rückbanklehne in das Fahrzeuginnere. Auf diesen Augenblick hatte er lange gewartet. Er trug weiße Handschuhe und die bereits entsicherte silberfarbene Pistole.

In dem Moment, als der Ex-Freund den Verlobten im Wageninneren erkannt hatte, wurde ihm schlagartig klar, in eine Falle gelockt worden zu sein. Augenblicklich wollte er die Flucht ergreifen, indem er die Beifahrertür öffnete. Doch der Verlobte erkannte den Fluchtversuch, und spätestens in diesem Moment entschloss er sich endgültig, den Ex-Freund zu töten. Er befürchtete, dass sich dieser durch Flucht in Sicherheit bringen könnte. Er musste auch davon ausgehen, dass sich der Ex-Freund dann für immer seinen Zugriffsmöglichkeiten entziehen würde, weil er nunmehr gewarnt war und sich sicher nicht mehr in einen Hinterhalt locken ließ.

Er sah daher keine andere Möglichkeit, den Ex-Freund aus dem Leben seiner Verlobten für immer zu entfernen, als ihn jetzt zu töten. Ohne weitere Zeit verstreichen zu lassen, schoss er durch das hintere rechte Seitenfenster auf seinen verhassten Nebenbuhler. Er traf ihn am Hinterkopf.

Weil es dem Opfer noch vor der Schussabgabe gelungen war, den Oberkörper aus dem Fahrzeug zu bringen, zog ihn meine Mandantin rasch vom Fahrersitz aus zurück ins Wageninnere.

Mit aufheulendem Motor und quietschenden Reifen verließen sie das Tankstellengelände. Der Vater, der sich wunderte, warum man die Tankstelle angefahren hatte, wartete auf der Straße. Überrascht sah er seinen Wagen an ihm vorbeirasen und folgte diesem. Nach etwa 100 Metern stoppte meine Mandantin das Auto in einer Seitenstraße. Ihr Verlobter hievte das schwer verletzte Opfer vom Beifahrersitz auf die immer noch umgeklappte Rücksitzbank.

Zu diesem Zeitpunkt atmete der Verletzte zwar noch, hatte aber bereits das Bewusstsein verloren. Sie setzten ihre Fahrt fort. Auf einem Parkplatz auf einer Landstraße hielten die Fahrzeuge erneut. Der Verlobte begab sich nun zum Fahrzeug des Schwiegervaters in spe und teilte ihm mit, er habe „den Dreck beseitigt". Nach einer kurzen Diskussion kam man überein, das Opfer in ein dem Vater bekanntes Waldstück bei Neustadt/Wied zu verbringen und dort abzulegen. Zu diesem Zeitpunkt war die Atmung des Opfers bereits nur noch sehr schwach zu spüren. Alle drei erkannten, dass er sterben würde.

Nach etwa zwanzigminütiger Fahrt gelangten sie an ihr Ziel, wo der Vater den im Sterben liegenden, schwer verletzten Mann aus dem Auto hob und am Rand einer Böschung ablegte. Von dort rutschte der leblose Körper einige Meter herunter und blieb schließlich liegen. Im Wald erlag er später seinen Verletzungen. Er wurde nur 21 Jahre alt.

Nachdem das Opfer in dem Waldstück abgelegt worden war, forderte der Verlobte seinen Schwiegervater in spe auf, die Waffe zu entsorgen. Daraufhin fuhr der Vater mit dem Opel Vectra nach Unkel, wo er die Waffe in den Rhein warf. Diese konnte dort trotz großen Taucheraufgebots von der Polizei später nicht mehr gefunden werden.

In einem anderen Waldstück entsorgte der Vater noch die abnehmbaren Teile des Innenraums des Opels, die völlig blutverschmiert waren. Anschließend begab er sich zu einer Waschstraße, um das Auto gründlich zu reinigen. Er ließ auch die Seitenscheibe reparieren. Den blutdurchtränkten Stoff der Rücksitzbank tauschte er durch unversehrten Stoff aus.

Noch am selben Tag flogen die beiden Verlobten in die Türkei.

Die Leiche des Ex-Freundes wurde eine Woche später von einem Pilzsammler im Wald entdeckt. Sie lag auf dem Bauch, die Hände in den Boden vergraben und zu Fäusten geballt. In den Fäusten konnten Laub und Erde vom Leichenfundort sichergestellt werden. Das war ein deutlicher Hinweis darauf, dass der Mann erst am Ablageort verstorben war. Neben der Leiche befanden sich eine große Menge Blutanhaftungen, Splitter der Seitenscheibe und ein Geschossmantelteil.

Der Verlobte hat während der gesamten Dauer der über dreißigtägigen Hauptverhandlung – im Gegensatz zu meiner Mandantin und ihrem Vater, die immer wieder von Weinkrämpfen erschüttert wurden – keinerlei Regung oder Anzeichen der Anteilnahme gezeigt. Akribisch verfasste er emotionslos umfangreiche Verhandlungsprotokolle. Erst am Ende der Beweisaufnahme ließ er durch seinen Rechtsanwalt erklären, was er bereits bei der Polizei kurz nach seiner Verhaftung behauptet hatte. Er ließ vortragen, dass meine Mandantin dem Opfer – für ihn völlig unerwartet – im Wald tödlich in den Kopf geschossen habe. Einen Transport des Verletzten oder gar Getöteten habe es im Opel Vectra somit nie gegeben.

Daraufhin war ich als Verteidiger gezwungen, einen entsprechenden Beweisantrag auf Inaugenscheinnahme der rückwärtigen Wand der Rücksitzbank des Opel Vectra zu stellen. Es sollte bewiesen werden, dass sich das getrocknete Blut des Opfers im Auto des Vaters befand. Dies würde die Tatversion des Verlobten bezüglich des Transportes widerlegen. Er hatte ja behauptet, dass das Opfer außerhalb des Fahrzeuges unmittelbar am Fundort der Leiche von meiner Mandantin erschossen worden und ein Transport deshalb gar nicht notwendig gewesen sei.

Zudem wäre natürlich auch der Teil der Aussage des Verlobten, wonach meine Mandantin den Schuss im Wald abgegeben haben soll, widerlegt.

Nachdem ich den Beweisantrag gestellt hatte, wurde die Verhandlung zunächst für mehrere Tage unterbrochen. Der dann folgende Verhandlungstag war für uns ein totaler Reinfall. Das Gericht verlas das auf meinen Beweisantrag hin erstellte Gutachten des Landeskriminalamtes Rheinland-Pfalz. Demnach konnten weder auf der Sitzfläche noch auf der Rückbanklehne Blutanhaftungen sichergestellt werden. Dieser Befund war für mich ein wahrer Schock – immerhin glaubte ich an die Version meiner Mandantin.

Schließlich wurde mir aber klar, dass das Landeskriminalamt nur die dem Wageninneren zugewandte Seite der Rückbank auf Blut untersucht hatte. Mein Beweisantrag war aber so formuliert, dass die dem Kofferraum zugewandte Seite der Rücklehne, die beim umgeklappten Zustand der Rücklehne als Auflagefläche diente, auf Blutanhaftungen zu untersuchen ist. Auf diesen Umstand hingewiesen, wurde die Verhandlung erneut unterbrochen.

Am nächsten Hauptverhandlungstag wurde die ausgebaute Rückbank des Opel Vectra im Gerichtssaal in Augenschein genommen. Bereits auf den ersten

Blick war deutlich zu erkennen, dass die Stoffverkleidung nachträglich ausgetauscht wurde. Der Vater meiner Mandantin hatte den blutverschmierten Bezug mit einem Teppichmesser ausgeschnitten und neuen Stoff laienhaft mit doppelseitigem Klebeband angebracht. Dieser Stoff passte auch farblich nicht zum Stoffmuster des Opels und fiel schon deshalb gleich ins Auge.

Nachdem die Vorsitzende Richterin die ausgetauschte Verkleidung entfernt hatte, kam eine großflächige dunkel braune Stelle zum Vorschein, die sich fast über die gesamte Rückenlehne erstreckte. Das Landeskriminalamt Rheinland-Pfalz hatte tatsächlich – trotz meines eindeutig formulierten Beweisantrages – mehrere Liter Blut des Opfers übersehen!

Durch diesen Showdown war die Aussage des Verlobten natürlich unwiderlegbar ad absurdum geführt. Folglich wurde der Verlobte wegen Mordes zu einer lebenslangen Freiheitsstrafe verurteilt. Ohne diesen erdrückenden Beweis wäre er möglicherweise vom Gericht freigesprochen worden, nämlich dann, wenn ihm das Gericht seine Version abgenommen hätte.

Meine Mandantin wurde ebenfalls wegen Mordes verurteilt. Mit viel Mühe gelang es mir aber, das Gericht davon zu überzeugen, Jugendstrafrecht anzuwenden, da es sich bei meiner Mandantin um eine Heranwachsende gehandelt hat.

Die Vertreterin der Jugendgerichtshilfe hatte in der Verhandlung vehement gefordert, meine Mandantin rechtlich als Erwachsene einzustufen – sie sei wegen der geplanten Hochzeit eher einer Erwachsenen als einer Jugendlichen gleichzustellen. Wäre das Gericht dieser Argumentation gefolgt, hätte es auch im Falle meiner Mandantin zwingend eine lebenslange Freiheitsstrafe aussprechen müssen. Das Gericht folgte jedoch meinem Antrag und verurteilte meine Mandantin wegen Mordes zu einer Jugendstrafe von neun Jahren.

Der Vater, der während der eigentlichen Tat nicht unmittelbar zugegen war, wurde wegen Beihilfe zum Mord zu einer Freiheitsstrafe von acht Jahren und sechs Monaten verurteilt.

Heute leben Vater und Tochter nach Verbüßung von Zweidritteln der Gefängnisstrafen wieder im gemeinsamen Haushalt der Familie in Bad Honnef. Beide haben wieder in ihren alten Berufen fußfassen können. Meine Mandantin arbeitet wieder als Arzthelferin, und ihr Vater ist wieder als Kurierfahrer tätig.

Es ist rational nicht zu erklären, dass bis dato strafrechtlich noch nie in Erscheinung getretene Menschen aus der Dynamik eines einzigen Tages heraus zu Mördern werden. Ein unschuldiger junger Mann musste sterben, weil eine Familie auf den Schein eines vermeintlichen Traumprinzen reingefallen ist.

ÜBER DEN AUTOR

Nicolai F. Mameghani wurde am 5. August 1970 in Düsseldorf als Sohn eines Chirurgen und einer Malerin geboren. Seit seiner Kindheit ist er von Kriminalfällen fasziniert und wusste bereits im Alter von sieben Jahren, dass er – genauso wie sein großes Vorbild aus der US-amerikanischen Fernsehserie „Petrocelli“ – einmal als Strafverteidiger der Gerechtigkeit dienen würde. Er wuchs in Meerbusch auf, wo er auch das Abitur machte.

Nicolai F. Mameghani studierte Rechtswissenschaften an den Universitäten zu Münster, Heidelberg und Lausanne in der Schweiz. Nach dem ersten Staatsexamen absolvierte er das Referendariat in Düsseldorf. Im Anschluss an das zweite Staatsexamen machte sich der Autor am 3. Oktober 1998 in Düsseldorf als Rechtsanwalt selbstständig. Seit Januar 2000 ist er Sozius in der Düsseldorfer Rechtsanwaltskanzlei Rosenkranz-Timm-Mameghani, die ausschließlich auf dem Gebiet der Strafverteidigung tätig ist. Seit 2001 ist Nicolai F. Mameghani Fachanwalt für Strafrecht.

Neben den in diesem Buch dargestellten Strafverfahren verteidigte er unter anderem in den Düsseldorfer Mammutprozessen wegen des Düsseldorfer Flughafenbrandes und des Motorradclans Hells Angels.

Außerdem wirkte Nicolai F. Mameghani in einigen Fernsehserien, wie beispielsweise “Richterin Barbara Salesch“ oder “Hilf mir“ mit.

Printed in Poland
by Amazon Fulfillment
Poland Sp. z o.o., Wrocław

76712053R00136